人間失格

にんげんしっかく

[日] 太宰治 著
だざいおさむ

刘子倩 译

时代文艺出版社

图书在版编目（CIP）数据

人间失格 /（日）太宰治著；刘子倩译. — 长春：时代文艺出版社，2021.1

ISBN 978-7-5387-6534-2

Ⅰ.①人… Ⅱ.①太…②刘… Ⅲ.①中篇小说－日本－现代 Ⅳ.① I313.45

中国版本图书馆 CIP 数据核字 (2020) 第 216850 号

出 品 人　陈　琛
产品总监　邓淑杰
责任编辑　孟　婧
监　　制　黄　利　万　夏
特约编辑　曹莉丽　孙　建　贾　方
营销支持　曹莉丽
版权支持　王秀荣
装帧设计　紫图图书

人间失格

[日]太宰治　著　刘子倩　译

出版发行 / 时代文艺出版社

地址 / 长春市福祉大路5788号　龙腾国际大厦A座15层　邮编 / 130118
总编办 / 0431-81629751　发行部 / 0431-81629755　北京开发部 / 010-63108163
官方微博 / weibo.com / tlapress　天猫旗舰店 / sdwycbsgf.tmall.com
印刷 / 天津联城印刷有限公司
开本 / 889毫米×1194毫米　1 / 32　字数 / 126千字　印张 / 7.5
版次 / 2021年1月第1版　印次 / 2021年1月第1次印刷　定价 / 59.90元

图书如有印装错误　请寄回印厂调换

我再也没有遇到一本小说
能给我这样全然的
翻覆、狂骚、灵魂整个焚烧

————————————⚬∽⚬⚬————————————

我二十出头在阳明山

住小小的破烂学生出租屋

读了太宰治的《人间失格》

当时只觉得我的体腔

无法承受那贯入的飓风

那宇宙最远边际的某颗星球

那无垠的纯净的黑

那像眼球水晶体全淹流出辉煌的哀伤

我冲出小屋，在暴雨如倾的空山狂走

我再也没有遇到一本小说

能给我这样全然的翻覆、狂骚、灵魂整个焚烧

明明是跌到人世的地板之下、之外

却赠予了我"文学该是这么纯质之疯狂"的启蒙

骆以军

中国台湾著名作家

太宰治情死考（节选）

[日] 坂口安吾[1] 文　钟小源 译

∿

　　太宰治之死真的是殉情吗？两个人（太宰治和小早[2]）的腰部用绳子系在一起，小早的手即便在死后，也依然缠在太宰的脖子上。因此，即便是半七和钱行平次[3]，肯定都会判定他们俩是殉情而死。

　　但是，这世上怎么会有这样不合逻辑的殉情。太宰治似乎并不迷恋小早，与其说是迷恋，不如说更像是对她怀着轻蔑。"小早"原本是女人的名字，"急性子小早"却是太宰治取的名字。小早并不是个聪明的人，是一个让编辑们都大为吃惊的女人。但是，对于只靠头脑工作的文人来说，脑子不好使的女人有时反而能让自己歇一歇脚。

1　坂口安吾（1906—1955）：日本著名作家，"无赖派"文学领军人物，太宰治好友。其作品揭露人性的虚伪和矫饰，呼吁回归人的真正本性。代表作有《堕落论》《不连续杀人事件》《盛开的樱花林下》等。
2　小早：太宰治对山崎富荣的昵称。
3　半七、钱形平次：日本侦探小说中的主角。

太宰治留下的遗书乱得一塌糊涂，想必他在死前就已烂醉如泥了。而小早平常就很会喝酒，当时应该还没喝醉，还能在遗书中写下"能和尊敬的老师一起赴死，深感荣幸和幸福"等字句。

或许是烂醉如泥的太宰治稀里糊涂地有了轻生的念头，而还没喝醉的女人，就代为决定执行了吧。

太宰治像口头禅似的，总是说着"想死、想死"，在作品中也提过自杀情结或暗示自杀，但是他的生活中根本没有任何不得已的原因，逼得他必须去死。即使在作品中自杀了，也并不代表非得在现实世界中自杀不可。

……

像太宰治那样的男人，如果真的爱上一个女人，是不会去死的，而是会继续活下去吧。其实，献身于艺术之人，原本就无法真心爱上一个女人。

……

对献身于艺术之人而言，唯有曾在本身领域留下了什么样的作品才重要。尽管在心中肆虐的暴风雨中花朵四散，转瞬凋零；尽管死因遭受曲解，看起来稀奇古怪、一塌糊涂，但是这些都不要紧，只有生前的作品是做不了假的。

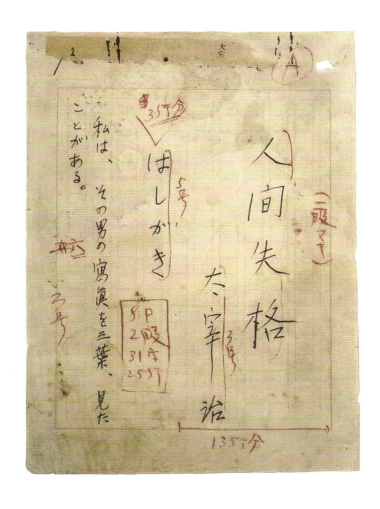

太宰治《人间失格》手稿

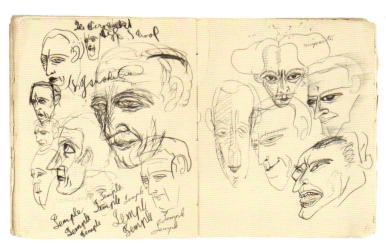

太宰治在弘前高中二年级时的道德课课堂笔记

    上面画满了太宰治的各类手绘图，其中能明显看到太宰治疯狂崇拜的偶像芥川龙之介的画像。芥川龙之介在太宰治读弘前高中一年级时自杀，令太宰治受到很大的精神打击。

    在弘前高中学习的这段时间，太宰治分别以辻岛众二、小菅银吉、大藤熊太的笔名发表了许多作品。也正是在这段时间，他与艺妓小山初代相识。

太宰治（左二）少年时代的照片，对应了《人间失格》"前言"中的第一张照片

　　太宰治的父亲是贵族院议员，对太宰治较为严厉，加上太宰治不是家中嫡长子，无缘继承家业，也未能得到家人太多重视。所以太宰治产生抑郁心理，但又不得不尽力伪装出一副乖巧听话的样子，做出欢笑的模样讨好父亲。

太宰治的情人田部志兔子（1912—1930）

　　原名田部缔子，是银座酒吧的招待女，即《人间失格》中银座某间大型咖啡厅的女服务生恒子的原型。1930 年，田部志兔子为维持家计来到银座打工，期间认识了太宰治。两人相约殉情，这是太宰治第二次自杀，也是他第一次殉情（太宰治一生共自杀五次，其中殉情自杀三次）。殉情的结果是田部阿滋弥失去了生命，太宰治活了下来。之后太宰治被判为教唆自杀，并被缓期软禁。田部志兔子的死去，给太宰治的心里蒙上了巨大的阴影，他自觉有罪，认为那是他秽亵的时期。

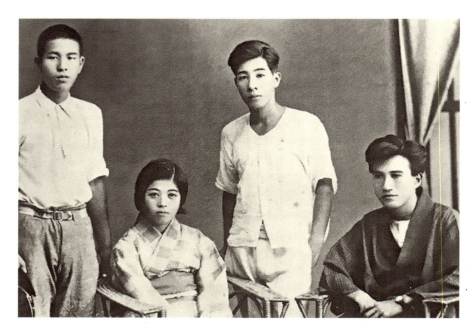

太宰治（右一）与小山初代（左二，1912—1944，太宰治第一任妻子，未入籍）

　　小山初代是青森县的艺伎，艺名红子，1928年与太宰治相识交好，并于1930年举行婚礼仪式，但他们的婚事遭到太宰治家中反对，太宰治因此被家中除去户籍。1937年，小山初代与人偷情，太宰治极为痛苦，强迫其一起殉情（这是太宰治的第四次自杀、第二次殉情），但都未死成。1944年，小山初代在中国青岛去世。

太宰治的情人山崎富荣（1919—1948），和太宰治一起跳水殉情（这是太宰治的第五次自杀、第三次殉情）

山崎富荣是太宰治的粉丝，疯狂爱着太宰治，经常当众表达对太宰治的爱，并把"如果能陪太宰治一起死就好了"挂在嘴边。她本是个近视眼，戴着一副眼镜，但太宰治不喜欢女人戴眼镜，她便去掉了眼镜，为此没少摔跤。

太宰治与女儿津岛园子（1941—2020）和津岛佑子（1947—2016）

　　太宰治一共有四个子女，其中与妻子石原美知子（1912—1997）生育有一男二女，除照片中的两个女儿外，还有患唐氏综合征的长子津岛正树（1944—？）；另与情人太田静子（1913—1982）育有一女太田治子（1947—）。太宰治的三个女儿后来都成为著名作家。

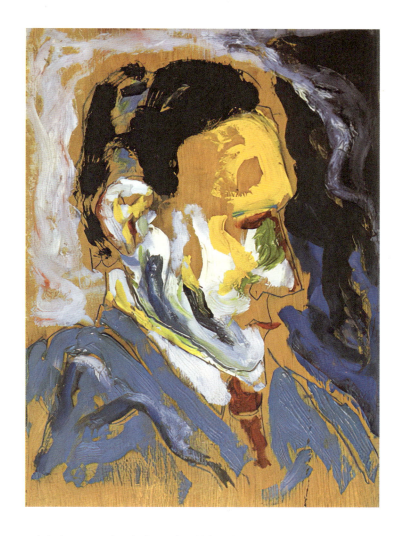

太宰治于昭和二十二年（1947）画的自画像

　　太宰治从小就爱画画，在其少年时代，日本刚好流行法国的印象派绘画，太宰治也因此模仿过凡·高等人的油画作品。除了这张著名的自画像外，太宰治还留有《风景》《水仙》等多幅油画作品。太宰治对这种鲜艳的色彩和表现手法极为喜欢，借此将自己久藏于心、压抑的情感完全展现出来。

堀木正雄和叶藏

　　《人间失格》的主人公叶藏在东京上大学期间，沉迷于学画画，因而结识了一起学画画的堀木正雄。堀木正雄是自私自利、虚伪狡猾的典型代表，在叶藏有钱时占其便宜，引导他走上歧途。正是在与堀木正雄的交往期间，叶藏认识了酒、香烟、妓女和当铺。

　　对太宰治而言，堀木正雄更像是一种象征，代表着所谓俗世的普遍意志，是叶藏，也是太宰治所一直身处却极力想逃避的现实的化身。

叶藏与良子结婚

　　良子拥有着纯洁无瑕的心，令叶藏头一次产生结婚也能幸福的冲动。与良子结婚后，叶藏心头终于有了暖意，开始认真生活。

　　现实中的太宰治也有一个爱他、信任他、为他倾情付出的妻子石原美知子，让太宰治感受到温暖和幸福。婚后他们过了一段温馨的家庭生活，并育有三个孩子，这是太宰治一生中短暂的美好时光。

叶藏因良子被侵犯而陷入巨大的不安和痛苦中，醉酒后吐血，倒在雪地中

　　此处良子被侵犯指的是太宰治第一任妻子小山初代的出轨事件。但实际上，太宰治第一次吐血是在 1948 年，当时他正陷入三个女人的情感纠纷中，并因肺结核导致身体状态恶化，处于戒酒中。

目　录

人間失格

にんげんしっかく

前　言

那个男人的照片，我见过三张。

第一张，估计是他十岁左右的照片，或许该称为那个男人的幼年时代。小孩儿被一大群女子围绕（可以想象，她们是小孩儿的姐妹或者堂姐妹），站在庭园的池畔，身穿粗条纹日式裙裤，头朝左边倾斜三十度，是张笑得很丑的照片。然而，迟钝的人们（换言之，是对美丑漠不关心的人），还是一脸索然无趣地随口讲出客套话：

"真是个可爱的小弟弟。"

这倒也不全是恭维，至少在小孩儿的笑脸上的确还是有一般人所谓的"可爱"影子。但只要是受过美丑训练的人，哪怕是受过一丁点儿，看一眼，立刻就会极为不快地嘀咕：

"怎么会有这么不讨人喜欢的小孩儿。"

说不定还会用掸毛毛虫的手势扔掉那张照片。

的确，小孩儿的笑脸，越看越令人感到一种不明所以、诡异的阴森感。因为那终究并非笑脸，那个小孩儿一点儿也没笑。最好的证据，就是他握紧两只小拳头站立。人不可能一边握紧拳头一边笑，那是猴子，是猴子的笑脸。他只是在脸上挤出丑陋的皱纹罢了，甚至令人想到"皱巴巴的小老头儿"。他的表情非常奇妙，而且有点儿猥琐，那是张令人莫名反胃的照片。过去，表情这么不可思议的小孩儿，我从来没见过。

第二张照片中的脸孔已经判若两人，令人大吃一惊。照片中的人是学生的装扮，虽不确定是高中还是大学时的照片，总之是个美貌惊人的学生。然而，这张照片同样很不可思议地完全感觉不出是个活人。只见他身穿学生服，胸前口袋露出白色手帕，坐在藤椅上跷着二郎腿，并且和上一张照片一样在笑。这次的笑脸，不是皱巴巴的猴子笑脸，已变成相当有技巧的微笑，但那和人类的笑好像还是有点儿不同。他的笑丝毫没有可称为血肉的重量或者生命苦涩的那种充实感，看起来不像鸟，倒像羽毛一样轻盈，仿佛一张白纸，而且他正在笑。换言之，照片里的人从头到脚都像是人造品。说他做作也不是，说他轻浮也不是，说他皮笑肉不笑也不是，说他潇洒帅气当然也不够贴切。而且，仔细一看，这个俊美的学生，同样让人感到有点儿灵异怪谈的阴森诡异。过去，如此不可思议的俊美青年，我从来没见过。

第三张照片，是最古怪的。完全看不出他的年纪，头发好像有点儿花白。而且他当时是在非常破旧的房间（照片清楚地拍出，房间的墙壁有三个地方都崩塌了）角落，两手高举小火盆，这次他没有任何表情。说穿了，这是一张带有极端不祥气息的照片，照片中的人仿佛双手高举火盆就这么自然死去。古怪的地方不仅如此，那张照片中，脸算是拍得很大，因此我可以仔细检查脸孔的构造：额头很平凡，额头的皱纹也很平凡，眉也平凡，眼也平凡，鼻子、嘴巴、下颚皆平凡。唉，这张脸不仅没有表情，甚至无法令人留下印象。根本没有特征，也就是说，我看了这张照片之后闭上眼，立刻就会忘记这张脸。我可以想起房间的墙壁与小火盆，对那个房间主人的印象却已烟消云散，无论如何，怎么想就是想不起来。那是无法入画的脸孔，是无法画成漫画的脸孔。我睁开眼，也没有那种"啊！原来是这样的一张脸，我想起来了"的喜悦。说得极端一点儿，纵使睁开眼再次看到那张照片，我还是想不起来。并且，还只觉得不愉快，很反感，忍不住想撇开眼。

即使是所谓的"死者遗容"，想必也比他的面孔更有表情与印象，如果为人的身体安上劣马的脑袋，或许就会是这种感觉。总而言之，说不上来哪里不对，就是有种让观者毛骨悚然的不快。过去，这么不可思议的男人面孔，同样，我一次也没见过。

第 一 手 记

我的过往人生充满耻辱。

于我而言，所谓的常人生活难以理解。我生于东北的乡下，因此初次看到火车时，已经年纪很大了。我在火车站的天桥跑上跑下，压根儿没发现那其实是供人跨越铁轨而建造，一心只以为火车站全域就像外国的游乐场，是为了更复杂地找乐子、赶时髦才配备的东西。而且，我在很长的一段时期一直这么以为。在天桥上上下下，对我而言，是个时髦的游戏，即便在铁路的各项服务中，我也认为天桥是最贴心的一种。后来发现那只不过是让旅客跨越铁轨用的实用楼梯，顿时大感扫兴。

还有，小时候，在图画书上看到地铁这种东西，我同样不知道那是基于实用必要而发明出来的，满心只以为比起搭乘地面上的车，搭乘地下的车子更特别，是一种好玩儿的游戏。

我从小就体弱多病，经常卧病在床。躺在床上，我深深感到床单、枕套、被套都是无聊的装饰品，直到快二十岁时才明白，那些其实都是实用品，人类的简朴令我黯然不已，深感悲伤。

还有，我也不知何为饥饿。不，我并不是要强调自己在不愁吃穿的家庭长大，我还不至于如此可笑。我只是完全不懂"饥饿"是什么样的感觉。这么形容或许你会觉得奇怪，但即使肚子饿，我也不会自己发现。犹记得小学与中学时，当我放学回来，周围的人总会对我说："看吧，肚子饿了吧？我们小时候也有经验哟，放学回来饿得可惨了，要不要先吃点甘纳豆[1]？还有蜂蜜蛋糕和面包哟。"被他们这么七嘴八舌地一说，我也发挥与生俱来的逢迎精神，咕哝[2]着说肚子好饿，往嘴里塞了十来颗甘纳豆。但饥饿是什么感觉，我其实一点儿也不明白。

当然，我也吃了不少东西，只是记忆中几乎完全没

---

1 甘纳豆：日本特有的一种传统风味休闲食品，味道甘甜，豆香浓郁。
2 咕哝：小声地说话，含糊不清（多指自言自语，并带不满情绪）。

有因为饥饿才进食的经验。我会吃看似稀奇的珍馐，也会吃看似豪华的大餐。同时，在外面用餐时，只要是端上桌的食物，哪怕很勉强，我多半也都会吃掉。对于小时候的我而言，最痛苦的时刻，其实是自家的吃饭时间。

在我们乡下的家里，是全家十来口一起用餐，面对面而坐，餐盘排成两列。身为老幺的我，当然敬陪末座。那间吃饭的房间光线昏暗，午餐的时候，全家十几人默默用餐的情景，每每让我不寒而栗。而且那是乡下的传统家庭，菜色通常一成不变，什么稀奇菜色、豪华菜色一概无法奢望，因此我逐渐对用餐的时刻感到恐惧。我坐在那阴暗房间的末端，冷得浑身发抖，一点一点地把饭送到嘴边吞咽下去。人为什么一天非要吃三次饭呢？只见大家都一脸严肃地进食，而且这似乎是一种仪式，全家人一天三次在既定的时刻齐聚在某个昏暗的房间，并然有序地排好餐盘，即使不想吃也默默咀嚼米饭，低头不语，我甚至想过，这或许是向躲在家中暗处蠢动的鬼魂祈祷。

"不吃饭就会死。"这种话在我听来，只是讨厌的吓唬之词。然而，那种迷信（至今，我还是觉得那好像一种迷信）每每带给我不安与恐惧。"人不吃饭就会死，所以才不得不工作和吃饭。"没有哪句话比这句话更晦涩难解而且带有威胁的味道了。

换言之，或许可以说，我至今还是完全不懂人类的行为。我自己的幸福观念，与世间众生的幸福观念，似乎扞格不入 [1]，这点令我惶惑不安。我因那种不安夜夜辗转反侧，呻吟不已，甚至几欲发狂。自己到底幸福不幸福呢？从小就常有人说我很幸福，可我总觉得自己身在地狱，反而是说我幸福的那些人，在我看来远远比我安乐得多。

我甚至曾经想过，我自己身上的十个灾祸，哪怕只是其中一个，若让周遭的人来背负，恐怕就足以夺走他们的性命。

换言之，我不懂。周遭众人痛苦的性质与程度，我完全没有概念。那是实际的痛苦，是只要能够吃饱饭便可解决的痛苦，然而那或许才是最强烈的痛苦，强烈到足以将我的十个灾祸轻易吹走，是凄惨的阿鼻地狱。对于那个，我不懂。但若真是如此，他们还能够不自杀、不发狂

1　扞格不入：指因坚硬而难以深入，形容彼此不协调，意见不合。出自《礼记·学记》。

地谈论政党，不绝望、不屈服地继续生活奋斗，难道他们都不痛苦吗？他们彻底变成利己主义者，而且坚信那是理所当然的。想必从来不曾怀疑自己吧？若是如此，倒也轻松，但是芸芸众生，难道皆是如此吗？而且认为那就是百分百圆满？我不懂……他们会在夜晚呼呼大睡，早晨神清气爽吗？他们做了什么样的梦？他们走在路上都在想什么？金钱？应该不可能只有那个吧，"人是为吃饭而活"的说法好像听说过，但为金钱而活的说法，倒是不曾听过。不，不对，那要看是什么事……不，那也难讲……越想，我就越不明白，好像只有自己一个人特别怪，不禁满心不安与恐惧。我几乎无法与周遭的人对话，因为我不知道该说什么，从何说起。

这时我想出的主意，就是搞笑扮演丑角。

那是我对人们最后的求爱，我虽极度怕人，却又好像无法彻底对人死心。于是，我借由这扮演丑角的方式勉强得以与人们维持一丝关联。表面上，我随时面带笑容，内心却是铆足全力，那才真的是堪称千次难得成功一次，是战战兢兢捏着冷汗地在讨好他人。

从小，即便面对自己的家人，我也压根儿不知道他们是如何痛苦，在生活中又是在想着什么，我只是很害怕，无法忍受那种尴尬，所以打从那时我就已经很会搞笑了。换言之，我在不知不觉中，成了满口谎言的孩子。

看看当时与家人合照的照片，其他人全都神情正经。唯有自己，总是古怪地笑着，并且伴随着挤眉弄眼，这同样也是自己幼稚可悲的一种要宝[1]方式。

而且，当我被家人指责什么时，我从来不会回嘴。那寥寥几句怨言，对我却如雷霆霹雳般猛烈，令我几乎发狂。我不仅不敢回嘴，甚至认定那些指责才是人类万世以来一脉相承的"真理"。然而我无力实行那种真理，所以恐怕已无法再与他人同住了。因此，我不敢与人争论，也无法替自己辩解。被人责骂批评时，我会觉得对方骂得有理，简直对极了，自己的确犯了严重的错误，于是我总是默默承受那种攻击，内心涌出发狂般的恐惧。

无论是谁，被人指责或怒骂时大概都不会有好心情，

---

1 要宝：炫耀，卖弄，故意夸张或搞怪。

但我在他们愤怒的脸上，看到比狮子、鳄鱼、巨龙更可怕的动物本性。平日，他们好像极力掩藏那种本性，却在某种契机下——比方说，草原上温驯躺卧的牛，突然尾巴一甩狠狠拍死肚子上的吸血蝇——不经意间在愤怒下暴露可怕的真面目，那每每让我看了之后毛发倒竖，不寒而栗。想到这种本性或许也是人们生存的资格之一，我几乎对自己感到绝望了。

面对他人，我总是怕得发抖，而且对于自己身为人类的言行，我毫无自信，只能把自己的懊恼藏在心中的小盒子里，将那些忧郁、神经质深深掩埋，表面上始终装作天真无邪、一派乐观，于是逐渐把自己塑造成装疯卖傻的怪胎。

怎样都行，只要能逗人笑就好。这样的话，人们对于我游走在他们所谓的"生活"之外，想必也不会太在意了吧？总之我绝不能成为他人的眼中钉，我是"无"，我是"风"，我是"空"。这样的念头越来越强烈，我借由耍宝逗家人发笑，甚至当我面对比家人更难理解、更可怕的男佣与女佣时，也拼命搞笑讨好他们。

夏天，我在浴衣底下穿红色毛衣漫步走廊，惹得全家大笑。平日不苟言笑的大哥，见了也忍俊不禁：

"阿叶，那样不大合适。"

他用那种觉得我傻乎乎、真可爱的口吻说。可以肯定的是，我当然也不是那种大热天还穿着毛衣到处走、不知冷热的怪人。我只是在双臂套上姐姐的毛线袜套，自浴衣的袖口露出一截，假装穿着毛衣罢了。

我的父亲，经常要去东京办公，因此他在上野的樱木町有栋别墅，一个月有大半时间都住在东京的那间别墅里。每次他回来，总会给家人及亲戚买来大量的伴手礼[1]，说来那是父亲的嗜好。记得有一次，父亲在前往东京的前一晚，把孩子们都叫到客厅，笑着一一询问大家希望他下次回来时带什么样的礼物，再把孩子们的回答一一写在记事本上。父亲与孩子如此亲近，是很罕见的事。

"叶藏你呢？"

问到我时，我结巴了。

---

1 伴手礼：拜访亲友时携带的礼品，一般是当地的特产、纪念品等。

被问起想要什么，顿时，我什么也不想要了。倏然闪过的念头是：无所谓，反正也没有任何东西可以让我快乐。但同时，别人给的东西，就算再怎么不合自己的喜好，我也无法拒绝。讨厌的事不敢说讨厌，同样，喜欢的事，也只能畏畏缩缩、偷偷摸摸，尝到极苦涩的滋味，为那难以言喻的恐惧而苦恼。换言之，我连二选一的能力都没有，这种性格想必是日后造成自己所谓"人生充满耻辱"的重大原因之一。

见我沉默不语、扭扭捏捏，父亲略显不悦：

"又是书吗？浅草寺¹参道²的商店有卖可以让小孩儿戴着玩的那种新年舞狮，你不想要吗？"

被直接问到"不想要吗"，我就没辙了。我根本无法再嬉皮笑脸地回答，我这个丑角，完全不及格。

"还是书比较好吧。"

---

1 浅草寺：位于日本东京都台东区，是日本现存的具有"江户风格"的民众游乐之地。也是东京都内最古老的寺庙。

2 参道：日本神社、寺庙等供行人参拜观光用的道路。

大哥一本正经地说。

"这样啊。"

父亲一脸扫兴，也不做记录了，"啪"的一声将记事本合起。

这是何等失策！我竟然惹恼了父亲，父亲的报复手段肯定很可怕，能否趁现在设法挽回呢？那晚，我在被窝中浑身发抖地动脑筋，最后悄悄起床去客厅，拉开父亲之前放记事本的抽屉，取出记事本，翻开之后，找到记礼物的地方，舔湿记事本里夹着的铅笔头，写上"舞狮"之后才回去睡觉。其实我一点儿也不想要那种舞狮。书本反而更合乎我的需要，但我察觉父亲有意买那个狮子给我，为了迎合父亲的意思，讨好他，我才会刻意在深夜冒险潜入客厅。

而我这种非常手段，果然得到预期之中的大成功。后来，父亲从东京回来，我在自己的房间，听见他大声对母亲说话。

"我在参道商店街的玩具店，翻开这记事本一看，你看这个，这里写着'舞狮'。这根本不是我的字迹，我起先还挺纳闷，然后才想到，这八成是叶藏的恶作剧。那小子，我问他的时候，他还笑嘻嘻地不吭声，一定是事后想想怎么也舍不得那种狮子。毕竟，这小子一向古灵精怪。他假装若无其事，却精明地写上去。既然那么想要，直说不就好了。我在玩具店门口好气又好笑，快把叶藏叫过来！"

另一方面，我把男佣、女佣都叫到西式房间，让其中一名男佣乱敲钢琴键（虽是乡下，但在家中，一般东西基本都有），自己再配合那乱七八糟的曲调大跳印第安舞，逗得大家哈哈大笑。二哥还用闪光灯拍下我的印第安舞姿，看到洗出来的照片上，我的腰布（那其实是印花布做的包袱巾）交叠之处露出小鸡鸡，又逗得全家大笑。对我而言，这或许堪称一次意外的成功。

我每个月都会买十本以上的当期少年杂志，除此之外，也从东京订购各种书籍默默阅读，所以什么《阿里不达博士》，还有什么《无厘头怪博士》等的故事我都很熟悉。此外，举凡怪谈、话本、落语[1]、江户趣谈之类，我也

---

1 落语：日本的传统曲艺形式之一，类似于中国的单口相声。

经常接触，所以我总是一本正经地说出俏皮话逗得家人发笑。

但是，唉，学校！

我在那里受到尊敬。受到尊敬这个概念，同样让我异常惊恐。我对"受到尊敬"这种状态的定义是：本来几乎已完全唬住别人，结果却被某个全知全能的人物识破，被整得灰头土脸，蒙上生不如死的耻辱。纵使我欺骗别人"受到尊敬"，也会有某人知道真相，之后当其他人从那个人口中得知真相，察觉自己受骗，届时人们的愤怒与报复不知会有多么可怕。光是想象，就已让我寒毛倒竖。

比起生于富豪之家这件事，我宁可是因为俗称的"成绩优秀"获得全校的尊敬。我从小体弱多病，经常缺课一两个月，甚至将近一整个学年卧病在床无法上学。即便如此，当我大病初愈后坐人力车去学校参加期末考试，好像还是比班上任何人都成绩优秀。身体好的时候，我也压根儿不做功课，就算去上学，上课时间也在画漫画，下课就拿着那些漫画讲解给班上同学听，逗得他们哈哈大笑。此外，即使作文课上老师布置的作文被我写成滑稽故事而遭到老师警告，我还是依然故我。因为我知道，老师其实也等着看我写的滑稽故事。某日，我照例又把我跟着母亲去东京的途中，在火车车厢走道的痰盂撒尿出洋相的糗事（不过，那次去东京时，我并非不知道那是痰盂，我是为了表现小孩儿的天真无邪故意那么做），以格外悲惨的笔触写成文章上交，我有自信老师一定会笑，于是等老师回办公室后，我偷偷跟在后面，眼看着老师一走出教室，立刻把我那篇作文从其他同学的作文中挑出来，在走廊上边走边看，并且一直在吃吃偷笑，等到他走进办公室时大概是看完了，只见他满脸通红，继而放声大笑，还立刻给其他老师看那篇作文，我这才心满意足。

调皮鬼。

我成功地让人视我为调皮鬼，我成功地摆脱受人尊敬的待遇。我的成绩单上所有的学科都是满分十分，唯独"操行"这一栏，不是七分就是六分，这成为全家人的笑柄。

但我的本性与那种调皮鬼恐怕正好相反。当时我已被女佣及男佣教唆，被可悲的丑事（即性侵）亵渎。现在的我认为，对未成年人做那种事情，是人类所有犯罪中最丑恶、下流、残酷的。但是，当时的我忍住了，甚至觉得这也算是见识到一种人类的特质，然后无力地笑了。假使我平日就有说真话的习惯，或许还可以毫不迟疑地向父亲、母亲告发他们的罪行，可惜我对父亲与母亲也无法完全理解。我对于向人申诉这种手段，丝毫不抱期待。无论是向父亲申诉，向母亲申诉，向警察申诉，甚至向政府申诉，到头来或许都只会被熟谙人情世故的人以世间通用的借口糊弄过去。

我很清楚结果肯定会有偏颇，向他人申诉终究是白费力气，我依旧只能满口谎话，默默忍耐，并且继续搞笑，除此之外别无他法。

"怎么，你是说你不信任人类？"

"咦？你几时成了基督徒？"

或许有人会如此嘲笑，但是在我看来，对人类的不信任，不见得立刻就得往宗教的方向联想。就连那些嘲笑我的人在内，大家不都是在"彼此的不信任中"，压根儿没想到什么耶和华[1]，坦然自若地活着吗？

　　我再说一件同样是我小时候的往事。当时我父亲所属的政党有位名人来我们镇上演讲，我被男佣们带去剧场听演讲。全场座无虚席，而且镇上与父亲交情特别好的人也都出席捧场，报以热烈掌声。演讲结束后，听众一边踏着下雪的夜路三五成群回家，一边把今晚的演讲批评得一文不值。其中，也夹杂与父亲交情特别密切的那些人的声音。父亲的"同志们"以近似怒骂的口吻说，父亲开会的发言固然拙劣，那位名人的演讲也好不到哪儿去，内容简直不知所云。然后那些人路过我家时大摇大摆地进客厅，以衷心喜悦的表情对我父亲说，今晚的演讲非常成功。就连男佣们也是如此，当母亲问起今晚的演讲如何时，他们面不改色地说非常有意思。回来的路上，他们明明还互相抱怨过再没有比演讲更无聊的事。

　　不过，这种情形，只不过是微不足道的一个例子。人们互相欺骗，而且不可思议地毫发无伤，甚至好像没发

1　耶和华:《圣经》里记载的造物主，他全能、威严、圣洁、慈爱。

现彼此在互相欺骗。类似这种精彩的、清净开朗又快活的不信任范例，似乎充斥在生活中。不过，对于互相欺骗，我并没有特别的兴趣。因为我自己也是借着装疯卖傻从早到晚欺骗别人，我对公民课本中的那种正义或某某道德没有太大兴趣。于我，终究难以理解那些一边互相欺骗，同时又活得"清净开朗快活"，或者似乎拥有生存自信的人。人们终究没有让我领悟那种奥秘，要是能够明白那个奥秘，想必我也不至于如此恐惧人，而且拼命讨好他们了；想必也不用与人们的生活对立，夜夜尝尽地狱般的痛苦了。换言之，就连我家男佣、女佣可恨的罪行我都没有向任何人申诉，并不是因为我不信任人，当然也不是出于基督教主张的精神，我想其实是因为人们对名叫叶藏的我，紧紧合上了信任的外壳。因为就连我的父母，也会不时流露令我费解的一面。

而我那种无法向任何人倾诉的孤独气息，似乎被许多女性凭着本能嗅到，日后便也成为我被女人乘虚而入的诱因之一。

换言之，对女性而言，我是个能够保守恋爱秘密的男人。

第 二 手 记

在海边，堪称海岸线的近海岸边，有超过二十棵树干黝黑的巨大山樱树耸立，每当新学年开始，山樱除了冒出看起来湿湿黏黏的褐色嫩叶，也以碧海为背景，绽放绚烂的花朵。然后樱花纷纷飘零时，花瓣大量散落海中，漂满海面，乘着海浪又被打回岸边。在东北这所直接将樱花海滩当成校园使用的中学，我虽然根本没有用功准备考试，还是顺利入学了。而这所中学的制服帽徽章，以及制服的扣子上，都有樱花绽放的图案。

　　中学的旁边，就住着我家的远亲，多少也是基于这个理由，父亲才会替我选中那所有大海与樱花的中学。我被送去那户人家寄住后，因为离学校很近，我总是听到朝会的钟声响起才匆匆跑去上学。我是个相当怠惰的中学生，即便如此，我照例借着耍宝，在班上一天比一天受欢迎。

说来这算是我这辈子第一次来到异乡，但于我而言，那个异乡，比起自己生长的故乡似乎是更轻松愉快的场所。那是因为我的搞笑本领当时已相当娴熟，欺骗别人也不必再像以前那么辛苦了——要这么解释当然也行。但更主要的原因是：亲人与外人、故乡与异乡，二者之间必然有演技的难易差别，这点哪怕是在任何天才身上，甚至是在上帝之子耶稣身上，想必都无法避免。对演员而言，最难演的场所是故乡的剧场，而且若是三亲六眷全部到齐排排坐，恐怕再厉害的演员也顾不得演技了。我却一直演到现在，而且还演得相当成功。像我这样的老油条，来到异乡，自然不可能演砸。

　　我对他人的恐惧，一如以往在心底剧烈翻搅，不过演技倒是不断精进。在教室时，我总是逗得班上同学发笑，而老师，虽然嘴上抱怨这个班级如果没有叶藏同学，应该会是很好的班级，却也忍不住掩嘴偷笑。就连嗓门儿像打雷的教官，我也能轻轻松松就令他们扑哧一笑。

　　我应该已经完全隐蔽自己的真面目了吧？就在我如此暗想、正要松一口气时，意外被人从背后捅了一刀。此人一如其他会从背后捅刀子的男人，有着全班最瘦弱的肉体，脸孔也苍白浮肿。而且我记得他总是接受父兄的旧衣，老是穿着袖子像古代圣德太子[1]的衣袖那样过长的外衣。他的功课一塌糊涂，军训课与体育课也总是在旁观看，是个像白痴一样的学生，我当然也不认为有必要提防那个学生。

那天，上体育课时，那个学生（他姓什么我现在不记得了，只记得名字应该是竹一）——竹一，照例在旁观看，老师叫我们练习单杠。我故意尽可能绷着脸，朝单杠大叫一声扑过去，然后像跳远似的扑向前方，一屁股重重跌坐在沙地上。一切，都是计划好的失败。大家果然捧腹大笑，我也苦笑着爬起来拍打长裤上的沙子，这时竹一不知什么时候过来，戳戳我的背，低声嘁嘁：

"你故意的，故意的。"

我很震撼，自己故意出糗的事，不是被旁人识破，偏偏是竹一！这是我完全没想到的。我仿佛眼睁睁看着世

1　圣德太子（574—622）：原名厩户丰聪耳，日本飞鸟时期思想家、政治家，曾作为皇太子摄政，去世后被尊为"圣德太子"，肖像曾 7 次出现在日本纸币上。

界在一瞬间如地狱烈火般熊熊燃烧，而自己只能用尽力气按捺想发狂大叫的冲动。

之后的日子，我充满不安与恐惧。

表面上我依然扮演可悲的丑角取悦大家，却总在不经意间发出沉重的叹息，生怕自己不管做什么都被竹一识破，如此一来，他迟早会告诉别人，到处散播那个消息。想到这里，我的额头冒出冷汗，以疯子般的古怪眼神不停四下张望。若是可以，我很想一天二十四小时寸步不离竹一身旁，监视他，以免他泄露秘密。而且在我紧跟着他时，也做出一切努力，试图让他以为我的搞笑并非他所谓的"故意"，而是真情流露。我贪心地想，最好能跟他结为独一无二的死党，如果那些都不可能，我甚至钻牛角尖地想，那我只能祈求他死掉了。不过，我好歹还是没有对他起杀意。在迄今为止的人生中，我曾经多次盼望被人杀死，但是杀人的念头，一次也没出现过。因为我认为，那样做只会让可怕的对手得到幸福。

为了拉拢他，首先我在脸上露出伪基督徒的"温柔"谄笑，把脖子朝左弯曲三十度，轻搂他瘦小的肩膀，然后以哄诱的甜腻嗓音，一再邀请他到我寄宿的地方玩。他每次都露出茫然的眼神，沉默不语。不过，某天放学后，我记得那是初夏时节，傍晚下起了雷阵雨，学生们被困住无法回家，但我就住在学校旁边，所以不当回事地准备往外冲，忽然看见竹一垂头丧气地站在鞋柜后面，我说："走吧，我拿雨伞给你。"然后拽起退缩不前的竹一，一同冒着大雨跑回我的住处，请大婶替我俩烘干上衣，终于成功把竹一拐进我位于二楼的房间。

那户人家，住着年过五十的大婶以及年约三十、戴着眼镜、似乎抱病在身的高个子大女儿（这个女儿嫁过一次人，之后又回到娘家。我仿效这家的人，也喊她大姐），还有最近好像才刚从女校毕业、身材矮小不似其姐的圆脸小女儿小节，家里就只有母女三人。楼下的店面，摆了少许文具用品及运动用品，但母女三人主要的收入，好像是靠过世丈夫生前建造的五六栋房屋收取房租。

"耳朵好痛。"

竹一站着不动说。

"被雨淋湿了就好痛。"

我仔细查看才发现，他两耳都有严重的耳漏[1]，脓液好像随时都会流到耳郭外。

"这可不行。一定很痛吧？"

我夸张地大惊失色，

"下大雨还把你拖出来，对不起哟。"

我用娘娘腔的声音"温柔"道歉，然后去楼下讨来棉花与酒精，让竹一躺在自己的膝上，仔细替他清理耳朵，这次就连竹一似乎也没发现这是我伪善的阴谋。

"将来一定会有女人迷恋你。"

他躺在我的膝上，甚至说出这种无知的恭维。

但是，日后我才明白，或许竹一自己也没意识到，那其实是个可怕的恶魔预言。不管是迷恋别人也好，被人迷恋也好，我觉得那种说法很下流、很轻浮，明显带有自命风流的味道。无论在多么"严肃"的场合，只要这句话

1　耳漏：从外耳道内流出一些非脓性的液体，常见于某些疾病。

一冒出来，忧郁的寺院道场仿佛就会立刻崩塌，夷为平地，如果不用"被人迷恋的难受"这种俗语，而是用"被爱的不安"这种文艺说法，忧郁的道场好像就不会被毁灭，想想还真奇妙。

竹一乖乖让我替他清理耳漏的脓液，说出会有女人迷恋我这种愚蠢的恭维，当时的我只是红着脸笑，什么也没回答，但我心里隐约也觉得他说的没错。只是，"被女人迷恋"这种粗俗的说法有点儿自命风流的味道。如果我大剌剌地写出"被他这么一说，我也觉得他说的没错"，那种感想好像太愚蠢了，甚至蠢得无法当成落语故事中常见的风流败家子台词。所以我当然不可能以那种嬉皮笑脸、自命风流的心态承认"我也觉得他说的没错"。

对我来说，女人比男人更难以理解好几倍。在我的家族中，女性远比男性多，而在亲戚之间，也有许多女孩，再加上之前提到的"犯罪"女佣，说我从小在脂粉堆里玩耍长大亦不为过，然而我其实是如履薄冰地与那些女人来往。我几乎完全无法理解她们，简直如堕五里雾中，偶尔还会犯下虎口拔牙的失误，遭到对方严厉的反击。那迥异于男性施加的鞭笞，会像内出血一样造成极端不快的内伤，是相当难以治愈的伤口。

女人主动勾引我，又把我狠狠推开；女人在别人面前蔑视我，态度冷若冰霜，无人时却紧搂住我不放；女人会像死掉般沉睡，令人怀疑女人该不会是为了睡觉而生……另外还有关于女人的种种观察，全是我自幼得来的心得。看似同样都是人，却仿佛与男人是截然不同的生物，而这种无法理解、不可轻忽的生物，居然奇妙地关注我。"被迷恋"这种说法以及"被喜爱"这种说法，就我的情况而言都不适当，或许用"被关注"来形容更贴近现状的说明。

对于小丑这种角色，女人比男人更能轻松看待。当我扮演小丑时，男人绝对不可能咯咯笑个不停，而且我在男人面前，也知道如果得意忘形扮演小丑过头一定会失败，所以总是留心，在适当的时机打住。但女人不知道适可而止，总是没完没了地要求我要宝搞笑，我只好回应那永无休止的要求，把自己累得半死。女人真的很爱笑，在我看来，女人比男人更能够尽情享用快乐。

我念中学时寄住那家的两个女儿，只要有空，便会来我二楼的房间，每次都把我吓得差点儿跳起来。

"你在用功？"

"没有。"

我微笑合起书本。

"今天，在学校，有位地理老师叫作棍棒。"

自我嘴巴脱口而出的，是我信口胡诌的滑稽故事。

"小叶，你戴上眼镜试试。"

某晚，妹妹小节与大姐一同来我房间玩，让我不停
耍宝搞笑之后，说出这样的话。

"为什么？"

"少啰唆，你戴上就是了，就用大姐的眼镜。"

她向来都是用这种粗暴的命令口吻发话，小丑老实
地戴上大姐的眼镜。顿时，两个女孩笑成一团。

"一模一样，跟劳埃德[1]一模一样。"

当时，哈罗德·劳埃德这位外国电影喜剧演员在日本很受欢迎。

我站起来高举一只手，

"各位，"我说，"这次有幸会晤日本的影迷……"

我假装对影迷致辞，姐妹俩笑得更厉害，之后只要有劳埃德的电影在当地剧场放映，我就会去看，偷偷研究他的表情。

还有某个秋夜，我正躺在床上看书，大姐忽然像鸟一样迅速钻进我房间，二话不说就扑在我的被子上大哭。

"小叶，你一定会帮我，对吧？这种烂家庭，我们一起离家出走算了。你会帮我吧？帮帮我。"

脱口说出诸如此类的激烈言词后，她又哭了。但对

1　劳埃德（1893—1971）：即哈罗德·劳埃德，美国电影喜剧演员，与查理·卓别林齐名。

我来说，女人主动表现这样的态度已非第一次，所以我对大姐的过激言词毫不惊讶，反而觉得那种陈腐、空洞很倒胃口。我悄悄钻出被窝，将桌上的柿子削皮，拿了一块给大姐。于是，大姐抽泣着吃那块柿子，

"有什么好看的书吗？借我。"

她说。

我从书架选出夏目漱石的《我是猫》交给她。

"谢谢。"

大姐害羞地笑着离开我的房间。

不只是这位大姐，所有的女人到底是抱着什么心态生活？思考这个问题，对我而言，比探索蚯蚓的想法更让我感到麻烦、啰唆、毛骨悚然。不过，女人忽然那样哭泣时，只要给她一点儿甜食，她吃了就会心情好转。唯独这点，我根据自己的经验，从小就已经颇有心得。

还有，这家的小女儿小节，甚至把她的朋友也带来我房间，我照例逗大家笑，而她朋友走后，小节总是说她

朋友的坏话。她必然会指称那人是不良少女，叫我千万小心。既然如此，何必特地把人带来，害得我房间的访客几乎全都是女人。

不过，这也不至于真的演变成竹一拍马屁说的"被女人迷恋"。换言之，当时我只不过是日本东北的哈罗德·劳埃德。而竹一无知的恭维变成不祥的预言，活生生呈现不祥的形貌，是在又过了几年之后的事。

竹一也曾送给我另一样重大的礼物。

"是妖怪的画哟。"

有一次竹一来我的房间，把他带来的一张原色版插图得意扬扬地给我看，如此说明。

我暗自称奇，但日后，我总觉得，就是在那一瞬间，仿佛决定了自己的堕落之道。因为我知道，我知道那不过是凡·高[1]有名的自画像。在我的少年时代，日本正流

1　凡·高（1853—1890）：荷兰后印象派画家，代表作有《星月夜》《向日葵》等。

行法国的印象派绘画，而西画鉴赏的第一步，通常就是从这里开始，所以凡·高、高更[1]、塞尚[2]、雷诺阿[3]这些人的画作，即便是乡下的中学生，多半也看过翻拍画作，略知一二。至于我，更是看过大量的凡·高原色版画作，对他笔触的趣味、色彩的鲜艳颇感兴趣，不过我倒是一次也没想过那会是妖怪的画。

"那么，这种的你看怎样？果然也是妖怪吗？"

我从书架取出莫迪利亚尼[4]的画集，给竹一看看肌肤色泽宛如烧热赤铜的裸女图。

"好厉害！"

竹一瞪圆了眼感叹。

1　高更（1848—1903）：法国后印象派画家、雕塑家，代表作品有《雅各及天使》《两个塔希提妇女》等。

2　塞尚（1839—1906）：法国后印象派画家，代表作品有《果盘》《玩纸牌者》等。

3　雷诺阿（1841—1919）：法国印象画派成员之一，以油画著称，代表作有《包厢》《游船上的午餐》等。

4　莫迪利亚尼（1884—1920）：意大利表现主义画家与雕塑家，代表作有《斜倚的人体》《蓝色女孩》等。

"好像地狱的马。"

"果然也是妖怪吗？"

"我也想画这种妖怪的图画。"

过度害怕人类的人，反而会更期盼亲眼见到更可怕的妖魔鬼怪，而且越是神经质、胆小怕事的人，往往越渴望暴风雨来得更猛烈。啊，这群画家，被人类这种妖魔鬼怪伤害，在恐惧之下，将幻影信以为真，在白昼的大自然中，清楚地看到妖怪。他们没有装疯卖傻来自欺欺人，只是努力将他们见到的如实呈现，勇敢画出了竹一口中"妖怪的画"。这里就有将来自己的伙伴啊，我兴奋得掉眼泪。

"我也要画，我要画妖怪的画，画地狱之马。"

不知怎的，我压低嗓门儿对竹一说。

我自从小学就爱画画，也爱看画。不过，我画的东西，不如我的作文那样赢得周遭好评。我向来不相信人们的话，因此那些作文对我而言，不过是丑角的应酬之词，虽在小学与中学一直让老师们狂喜，但我丝毫不觉有趣，唯有画作（漫画之流另当别论），对于那方面的表现手法，我虽年幼，多少还是下过一番苦功。

　　学校的图画模板很无趣，老师画得又很拙劣，我只好自己动脑筋，乱七八糟地尝试各种表现手法。进了中学后，我也有了全套油画用具，但是即便根据那种用笔的模板追求印象派画风，我画出来的东西还是像花纸工艺品一样扁平，根本不能看。然而，竹一的话令我察觉，原来是我过去对绘画的心态大错特错。我只知努力将自己觉得美丽的东西直接美观地表现出来，委实太天真、太愚昧。艺坛巨匠们即便面对平凡无奇的东西，也能够透过主观理解，将美好创造出来，或者虽对丑陋的东西呕吐反胃，仍能照样不掩其产生的兴味，浸淫在表现的喜悦中。换言之，他们似乎压根儿不受旁人的想法左右。竹一让我窥见这种画法最原始的奥秘，从此我开始瞒着那些女性访客，一点一滴地着手创作自画像。

　　我画出了一幅连自己都惊讶的阴森画作，不过这才是我一直藏在心底最深处的真面目，虽然表面上笑得快活，也带给别人欢笑，实际上却拥有如此阴郁的心灵。这是没法子的事，我悄悄承认。但那幅画，除了竹一，我终究没给任何人看过。我不希望自己搞笑背后的阴郁被识破，令人突然小家子气地对我防备，而且心里多少也担心说不定无人发现这是我的真面目，反而当成新的搞笑方式，徒为笑柄，那会比什么都令我难过，因此那幅画立刻被我藏进壁橱的最深处。

另外，即便在学校的美劳课，我也没用那种"妖怪式画法"，一如以往采用平庸的笔触把美丽的东西直观地画出来。

唯有对竹一，打从之前我就坦然呈现自己脆弱敏感的神经，这次的自画像也很安心地给竹一看，被他大力夸奖后，我又画了两三张妖怪的画，得到竹一的另一个预言：

"你会成为伟大的画家。"

被女人迷恋的预言和成为伟大画家的预言，这两个预言被傻瓜竹一刻印在我的额头上。不久后，我来到东京。

我本来想念美术学校，但我父亲老早就打算送我进高等学校，将来做个公务员。而且他也已经这么告诉过我，因此天生无法回嘴的我，只能茫然听从父命。他叫我从四年级开始报考高等学校，反正我对那间有樱花和大海的中学也待腻了，于是我没有继续念五年级。修完四年级的课程，我就报考东京的高等学校，录取之后立刻开始宿舍生活。但那种脏乱与粗俗令我退避三舍，遑论搞笑，我立刻请医师开出"肺浸润"的诊断证明搬出宿舍，接着迁往父亲位于上野樱木町的别墅。我实在无法适应团体生活，青春的感动、年轻人的骄傲这类名词，我一听就浑身冒寒气，实在受不了那种所谓的高校精神。无论教室或宿舍，仿佛都淤积着扭曲的性欲，哪怕是自己几近完美的搞笑表演，在那里也派不上任何用场。

　　父亲在议会休会时，每月顶多只有一两个星期待在那栋别墅，所以父亲不在时，那栋相当宽敞的房子，只有看房子的老夫妇与我三人。我经常不去上学，但也懒得去东京各地参观（我这辈子大概连明治神宫[1]、楠木正成[2]的铜像、泉岳寺的四十七义士墓也无缘一见），整天待在家中看看书、画画图。父亲来东京时，我就每天早上匆匆

1　明治神宫：位于日本东京都涩谷区代代木的神社，是日本的重要神社之一。

2　楠木正成：镰仓幕府末期到南北朝时期著名的武将，被视为武神。

忙忙地上学，有时也会去本乡千驮木町的西洋画画家安田新太郎开设的美术教室，练习三四个小时素描。自从我搬出高等学校的宿舍，即便去学校上课，好像也处在旁听生这种特别的位置。那或许是自己太别扭，但我总有尴尬之感，于是上学更成了一桩苦差事。于我，历经小学、中学、高校，终究无法理解所谓的爱校精神，至于校歌那种东西，我也从来没有记住过。

之后，我在美术教室，自某位学画的学生那里认识了酒、香烟、妓女、当铺，还有左派思想。那是很奇妙的组合，不过也是事实。

那位学画的学生，叫作堀木正雄，生于东京的平民老街，比我大六岁，从私立美术学校毕业后，因家中没有画室，遂来这间美术教室继续学习西画。

"可以借我五元吗？"

我俩只是点头之交，过去一句话也没讲过，我手足无措地递上五元。

"好，去喝酒，我请客。可以吧？"

我无法拒绝，被他拽去那间美术教室附近、蓬莱町的咖啡厅，就此开始我与他的交往。

"我老早就注意你了，对对对，就是那种羞涩的微笑，那是前途有望的艺术家特有的表情。为了纪念我们的结识，干杯！阿绢，你看这小子是个美男子吧？你可别爱上他哟。自从这小子来到美术教室，很遗憾，我退居第二号美男子了。"

堀木的肤色微黑，五官端正，穿着习画学生难得一见的整齐西装，领带的花色也很朴素，而且头发还抹了发油，中分之后梳得服服帖帖。

那是我不熟悉的场所，所以我怕极了，一下子交抱双臂，一下子松开，只能一直露出他所谓的羞涩微笑，但是两三杯啤酒下肚之后，我渐渐感到异样解放的轻快感。

"我本来想念美术学校……"

"不，那很无聊。那种地方无聊透顶，上学无聊透顶。我们的老师其实在大自然之中！是对大自然的激情！"

然而，我对他的发言毫无敬意。这是个笨蛋，画肯定也画得很烂，但是论及吃喝玩乐，我想他或许会是个良伴。换言之，那一刻，有生以来，我第一次看到真正的都市无赖汉。他与我虽在形式上有所不同，却同样完全游离在世人的生活之外，彷徨无目标，单就这点而言，我们的确是同类。只不过他是在无意识中扮演丑角，而且完全没发现那种丑角有多可悲，这是他与我在本质上的不同之处。

虽然我一直瞧不起他，只是跟他吃喝玩乐、把他当成酒肉朋友，有时甚至耻于与他为伍，但我还是照样与他结伴四处游荡，最后甚至被这个男人击垮。

不过，起初我满心以为此人是个好人，是难得一见的大好人，就连怕人的我也完全放松戒心，只觉得找到一个东京的最佳向导。其实，若只有我一人，搭乘电车时我连乘务员都怕，即使想去歌舞伎剧场，我也害怕那正面玄关铺设红地毯的楼梯两侧站立的引导小姐；去餐厅时，更害怕紧贴我背后站立、等着收盘子的服务生，尤其是要结账时……唉，我的动作别提有多不安了。当我购物付钱时，不是因为吝啬，而是因为太紧张、太羞耻、太不安、太恐惧，令我头晕眼花，世界变得一片漆黑，几乎精神错乱。别说是杀价了，我不仅会忘记拿走找的零钱，甚至经常发生忘记把买好的东西带走。我实在无法一个人在东京街头行走，无奈之下，这才只好整日待在家中懒散度日。

可现在把钱包交给堀木，与他同行后，堀木会狠狠杀价，而且或许该说他很会玩，他在付账时能够利用少许的金钱发挥最大的效果。他也不坐昂贵的出租车，他会视情况分别利用电车、公交车、小汽艇等交通工具，展现如何以最短时间抵达目的地的本领。一大早从妓女那里返家的途中，他会顺道进某某高级餐厅洗个晨间浴，吃着汤豆腐来杯小酒，这样不花大钱便可享受奢华的气氛。他如此这般对我示范实地教育，而且还大肆宣扬路边摊的牛肉饭、烤鸡肉串虽然廉价却营养丰富。若要醉得快，他保证除了电气白兰地[1]无出其右，总之到了付账时，他从来不曾让我感到丝毫不安与恐惧。

进而，与堀木来往最大的好处，就是堀木完全无视听众的想法，只顾着发泄他的热情（或者，所谓的热情，就是无视对方的立场），一天二十四小时都在无聊地喋喋

1　电气白兰地：一种日本酒精饮料，于明治十五年左右被制造出来。

不休，完全不用担心二人一起走累了会陷入尴尬的沉默。以往与人接触时，我最怕出现那种可怕的沉默。原本寡言的我，不得不拼命搞笑以免演变成那种局面，可现在堀木这个笨蛋，毫无意识地主动扮演起那个搞笑的角色，所以我甚至不用接话，只要随便听听，不时再说句"怎么可能"笑一下就行了。

之后我也渐渐明白，酒、香烟、妓女都是能够缓解我对人的恐惧（哪怕只是一时片刻）、暂时转移注意力的好手段。为了寻求那些手段，我甚至觉得就算叫我变卖全部家当也无怨无悔。

在我看来，娼妓这种生物不是人类，也不是女性，倒像是白痴或疯子，躺在她们的怀中，我反而可以完全安心地熟睡。她们全都无欲无求到可悲的地步，而且或许是对我产生同类的亲切感，那些妓女每每对我流露不至于令人尴尬的自然善意。那是毫无算计的善意，是不会强迫推销的善意，是对或许不会再光顾的人的善意。某些夜晚，我甚至从那些不知是白痴或疯子的妓女身上，看到圣母玛丽亚的光环。

不过，我为了摆脱对人的恐惧，寻求一夜的安眠，去找那些与自己"同类"的妓女厮混，久而久之，身边好像散发出一种无意识的讨厌氛围，这是自己也完全没有料想到的所谓"杂志附送的增刊"。但那"增刊"逐渐鲜明地浮上表面，被堀木指出后，我当下愕然，心里很不舒服。在旁人看来，若用通俗的说法，我等于是通过妓女磨炼泡妞的本领，而且最近本领大长。要磨炼泡妞的手腕，借助妓女是最艰难、据说也是最有成效的方法，在我身上，已有那种"情场老手"的气息缠绕，女性（不只妓女）凭着本能嗅到那种气息就会主动靠过来，那种猥琐、不荣誉的氛围，成了我去找妓女的"附送增刊"，而且似乎比我原本只想休息的本意更加惹眼。

堀木讲那种话或许半是奉承，但我倒是真的想起一些让我压力很大的经历。比方说，我记得曾经收到咖啡店女服务生的幼稚情书；樱木町那栋房子隔壁将军家双十年华的女儿，每天早上在我上学的时刻，明明没事却略施脂粉频繁出入自家门口；去吃牛肉时，即便我不开口，那里的女店员也……还有，我每次买香烟的那家香烟店的女儿递来的烟盒中……还有，去看歌舞伎时坐在我隔壁的女人……还有，我搭乘深夜的市内电车喝醉睡着后……还有，意外收到故乡亲戚的女儿写来倾诉相思之苦的信……还有，不知是哪个女孩，趁我不在时留下看似亲手制作的娃娃……虽因我的态度极度消极，导致那些邂逅全都无疾而终。只是片段，没有进一步发展，但我身上的确萦绕某种令女人做梦的气味，那并非我自作多情随便开玩笑，是无法否认的事实。被堀木这种人指出这个事实，令我感到近似屈辱的苦闷，同时对于找妓女玩，也忽然失去了兴致。

堀木也基于他虚荣赶时髦的本性（以堀木的个性来说，除此之外的理由，我至今想不出来），某天带我去参加共产主义读书会（好像叫作什么 R.S，我已不太记得）那种秘密研究会。对堀木这样的人物而言，共产主义的秘密集会，或许不过是他"东京导览"的节目之一。我被介绍给所谓的"同志"，被迫买了一本宣传简介，并且聆听坐在上座的丑陋青年讲授马克思经济学。但是，在我看来，他讲的都是摆明的事实。那套论调或许的确没说错，但人的心中，还有更莫名其妙、更可怕的东西。称为欲望也不是，称为虚荣心也不是，用色与欲二字也难以道尽，连我自己也说不清楚。但我总觉得在人世的底层，除了经济，还有异样鬼气森然的东西。本就害怕鬼故事的我，虽像水往低处流一样自然地肯定那种唯物论，但我还是无法借此摆脱对人的恐惧，从此看着欣欣向荣的绿叶放眼远眺，感受到什么希望的喜悦。不过，我一次也没缺席那个R.S（我记得是这个名称，但或许有误），看"同志"们煞有介事地绷着脸，埋头钻研好似一加一等于二那种几乎是初级算术的理论，实在很滑稽。于是我照例发挥我的搞笑本领，努力让聚会更轻松，或也因此，研究会的滞闷气氛逐渐活络，我甚至成了那个聚会不可或缺的开心果。这些看似单纯的人们，或许只把我当成和他们一样单纯而且乐天耍宝的"同志"，如果真是如此，那我等于从头到尾彻底骗了这些人。我根本不是同志，但是那个聚会，我还是次次出席，为大家提供搞笑的服务。

因为我喜欢、欣赏那些人，但那未必是通过马克思产生的好感。

非法，我隐约以此取乐，觉得如鱼得水，世间所谓的合法反而可怕（那让我预感到深不可测的强大），那个运作法则令人费解，我在那没有窗子的冰冷房间实在坐不住，哪怕外面是非法的汪洋大海，我也宁可跳下去游泳，直至死亡，那对我来说似乎还更轻松一些。

有个名词叫作"见不了光的人"，据说那是指人世间悲惨的失败者、背德者，我觉得自己"打从出生就是见不了光的人"，因此遇见被世人指指点点、议论是见不了光的人物时，我总是会心怀慈悲。而且，这种"慈悲心"是令我自己也很陶醉的慈悲心。

还有"罪犯意识"这个说法，在这人世间，虽然我一辈子都被那种意识折磨，但它是等同糟糠之妻的好伴侣，与它相依为命凄凉地打打闹闹，或许就是自己生存的姿态之一。况且，俗谚好像也有"小腿有伤疤"这种说法，那个伤疤，早在我婴儿时期，已自然出现在一边的小腿上，长大之后不仅未见痊愈，反倒越来越深，直达骨髓，夜夜痛苦有如千变万化的地狱。但是那个伤疤，逐渐比自己的"血肉"更亲密（这是非常奇妙的说法），那个伤疤的疼痛，也就是伤疤活生生的感情，甚至像是爱情的呢喃，对我这样的男人而言，那种地下运动的团体氛围令人异样安心，感觉很自在。换言之，比起运动本来的目的，或许该说是那种运动的气氛很适合我。以堀木的行事作风，只不过是出于无聊的戏谑心态介绍我去了一次聚会，还自以为幽默地说什么马克思主义者在研究生产层面的同时也该考察消费层面。他不好好参加聚会，只想引诱我去考察他所谓的消费层面。如今想来，当时还真有形形色色的马克思主义者。有人像堀木这样，出于虚荣的赶时髦心态如此自称；也有人像我一样，只是喜欢那种非法的气氛才会赖着不走。如果这些真相，被马克思主义真正的信徒识破，堀木与我，八成都会招来对方的怒火，被当成卑鄙的叛徒立刻赶出去吧。不过，我乃至堀木，一直没遭到除名的处分，尤其是我，在那非法的世界，反而比我待在合法的绅士世界更自在，得以"健康"地行动，因此被视为有前途的"同志"，甚至委托我去做各种过度机密的任务，令我忍不住暗自好笑。事实上，我一次也没拒绝过那种委托。我坦然地一律接下委托，也没有出过什么差错被"狗仔"（同志对警察的称呼）怀疑抓去讯问，我笑着，或者逗他人笑着，一边好歹还是正确完成了他们所谓的危险任务（搞那种运动的人，总是如临大敌非常紧张，甚至笨拙地模仿侦探小说的手法保持高度戒备状态，而他们委托我的差事，实在无聊得令人傻眼，即便如此，他们对于那差事还是铆足全力搞得紧张兮兮）。就我当时的心情而言，哪怕以共产党员的身份被捕，一辈子在牢中度过我也不在乎。与其害怕世人所谓的"真实生活"，夜不成眠地在"地狱"辗转呻吟，我觉得坐牢或许更轻松。

父亲住在樱木町的别墅时，动不动便要接待访客或外出，所以即便我们待在同一个屋檐下，往往也连续三四天碰不到面，虽然父亲总令我喘不过气，心生畏惧，一度想搬出这个家找地方寄宿，但我还是不敢开口。不料就在这当口儿，我听看守房子的老头儿说，父亲好像打算卖掉那栋房子。

父亲的议员任期即将届满，想必也是有种种理由才做此决定，不过他似乎无意再出马参选，况且又在故乡盖了房子用来养老，似乎对东京毫无留恋，他大概觉得为我一个人提供宅邸与仆人太浪费（父亲的心理，也和世间众人的心理一样，都是我无法理解的），总而言之，那栋房子不久便转手他人，我搬到本乡森川町老旧宿舍仙游馆的阴暗房间，并且立刻陷入经济困境。

过去，我每个月都会从父亲那里领到固定金额的零用钱，就算两三天之内便花光，但香烟、酒、奶酪、水果这类东西家里随时都有，书本及文具用品乃至其他与服装相关的东西，向来也都是在附近商店赊账便可拿走，即使我想请堀木吃碗荞麦面或炸虾饭，只要是在父亲熟识的餐馆，我吃完就拍拍屁股走人也没关系。

可现在，突然搬到宿舍独居，一切都得靠家里每月寄来的固定金额开销，我顿时慌了手脚。家里寄来的钱依旧两三天就被我花光了，我战栗不安，彷徨无助之下几乎发狂，只好轮番打电报和写信给父亲和哥哥、姐姐要钱（我在信中倾诉的，全都是捏造的搞笑故事。向人求助时，我认为先逗对方发笑方为上策），另一方面，也在堀木的指点下，开始频繁地去当铺报到，即便如此，还是天天缺钱用。

毕竟，我没有能力在无亲无故的宿舍独自"生活"。我很害怕一个人默默待在宿舍那个房间，总觉得随时会遭人袭击或挨闷棍。冲到外面街上后，不是替别人跑腿，就是与堀木到处喝廉价酒，课业以及学画几乎都已放弃。进入高等学校第二年的十一月，我就发生与年长的有夫之妇相偕殉情的事件，我的处境为之一变。

我无故旷课，也压根儿不念书，即便如此，我在考试答题时似乎特别懂得抓要领，因此在那之前好歹还能蒙骗故乡的家人。但我缺课的天数太多，校方似乎已秘密报告故乡的父亲，兄长代替父亲写了一封措辞严厉的长信给我。不过，比起那个，我更直接的痛苦是缺钱，而且那个运动的任务，已变得越来越激烈繁忙，实在无法再以半是游戏的心态应付了。不知那是叫中央地区还是什么地区，总之我居然成了本乡、小石川、下谷、神田那一带所有学校的马克思主义学生行动队队长。听说要发起武装行动，我买了一把小刀（如今想来，那把小刀单薄得甚至无法削铅笔），把那玩意儿放在风衣口袋四处奔波，执行所谓的"联络"工作。我很想喝点酒好好睡一觉，可惜我没钱。而且，P（我记得是用这个暗号称呼"党"，或许我记错了也不一定）那边，不断委托的任务令我连喘口气的空档都没有。以我这样的病弱之躯，实在难以胜任。我本来就只是对"非法"感兴趣才帮那个团体做事，现在这样假戏真做变得格外忙碌后，我忍不住对P的成员暗感不耐烦：你们找错对象了吧？干吗不叫你们的嫡系成员去做？于是我开溜了。溜走之后，心里终究不舒坦，我决定自杀。

当时，对我怀抱特殊好感的女人共有三人。其中一个，是我寄宿的仙游馆房东女儿。这个女孩，在我替那个运动跑腿后累得精疲力竭、饭也没吃倒头睡下后，一定会拿着信纸与钢笔来我房间。

　　"对不起，楼下的弟弟妹妹太吵，害我无法安心写信。"

　　她如此声称，然后就坐在我的桌前写上一个多小时。

　　我本来也可以佯装不知，睡我的大头觉就好，但那女孩好像很希望我说点什么，于是我照例发挥被动的服务精神，即使累得一句话也不想说，却还是拖着疲惫的身体勉强打起精神，趴在被子上抽烟。

　　"听说有男人拿女人写来的情书烧洗澡水。"

　　"哎呀，好过分。那是你吧？"

　　"我拿来热过牛奶。"

　　"那真是荣幸，你喝吧。"

这女人怎么还不快点儿离开？什么写信，我早就看穿了，肯定只是在纸上乱画鬼脸。

"给我看。"

我怀着其实死都不想看的念头这么一说，"哎呀，不要啦！哎呀，不要啦……"她嘴上嚷着，却别提有多开心了，看起来丢脸死了，我非常扫兴。这时，我想到不如支使她去办点事。

"不好意思哟，你能不能去电车大道的药房替我买点卡莫汀[1]？我太累了，脸孔发热，反而睡不着。不好意思哟！至于药钱……"

"小事，提什么钱啊。"

她欣欣然起身。叫女人去跑腿办事，绝对不会让她沮丧，相反，女人会很高兴男人委托她帮忙，这我早就知道了。

还有一个女人，是女子高等师范的文科生，也是所

1　卡莫汀：一种安眠药。

谓的"同志"。我和此人因为那个运动，就算不情愿也得天天碰面。开完会后，这个女人总是如影随形地跟着我，而且动不动就买东西给我。

"你把我当成亲姐姐就好了嘛。"

她的那种矫揉造作虽然令我发抖，但我还是挤出略带忧郁的微笑表情回答。

"我就是那么想的。"

总之惹火她的后果很可怕，一定要想办法糊弄过去才行。我满脑子只有这个念头，因此只好为那个丑陋又讨厌的女人牺牲色相，在她替我买东西后（她买的都是品味低劣的东西，我多半立刻就把东西转手给了串烧店的老板），我装出开心的表情，开玩笑逗她笑。某个夏夜，她说什么都不肯离开，为了尽快打发她离去，我只好在街头暗处亲吻她，不料她竟然兴奋若狂，叫来出租车，把我带去似乎是那些人偷偷租来搞运动之用、看似大楼办公室的狭小西式房间，在那里胡闹到天亮，真是夸张的姐姐啊，我只能暗自苦笑。

无论是房东女儿还是这位"同志"，每天再不情愿也必然会碰面，所以无法像我应付过去那些女人那样避而不见，于是就这么拖拖拉拉。照例基于那种不安心理，只顾着拼命安抚这二人，自己等于被捆绑得动弹不得。

　　同一时间，我也受到银座某间大型咖啡厅女服务生的意外恩惠，虽只不过有一面之缘，我还是执着于那份恩情，感到同样令人动弹不得的担心与害怕。那时候，我已经可以不再仰赖堀木带路，一个人可以搭乘电车，也敢去歌舞伎剧场，甚至穿着蓝底飞白的平民和服进入咖啡厅，多少有点儿厚脸皮了。不过心里还是一样，对人类的自信与暴力感到讶异、恐惧、苦恼，但至少在表面上，已经慢慢可以与他人正经寒暄——不，不对，如果没有伴随失败的小丑式苦笑我还是无法应付，但好歹可以一心一意结结巴巴地寒暄。这样的"伎俩"，是靠那运动四处奔走磨炼出来的？抑或该归功于女人？或者是酒精的作用？不过，我想主要还是因为缺钱才学会这本领。不管去哪儿我都害怕，反而在咖啡厅与许多醉客或女服务生、男服务生偶尔混在一起，自己这种不停被追赶的仓皇心情或许才能安稳下来。当时我拿着十元，只身走进银座那间大型咖啡厅，笑着对女服务生说：

"我只有十元，你看着办。"

"请放心。"

对方好像带有一点儿关西口音，她那一句话，奇妙地让我战栗的心平静下来。不，不是因为不用再担心钱的问题，我是觉得在她身边就不需要担心了。

我喝了酒，她让我很安心，因此我反而不想耍宝搞笑，毫不掩饰自己沉默阴郁的本来面目，默默饮酒。

"这样的，你可喜欢？"

女人把形形色色的食物放到我面前，我摇头。

"只喝酒？那我陪你喝。"

那是秋天的寒夜，我依照恒子（我记得是这个名字，但记忆褪色，已不大确定，我就是这种连殉情对象的名字都会忘记的人）所言，在银座后巷，某个路边的寿司摊，吃着一点儿也不好吃的寿司，等候她的到来。（她的名字虽已不复记忆，唯有那时寿司的难吃滋味，不知何故，印象特别鲜明。还有那长相酷似菜花蛇的光头老板，摇头晃脑装得好像多厉害地捏寿司的情景，历历分明如在眼前，日后我甚至多次在电车上看到似曾相识的脸孔，想了半天，才发现原来就是长得像当时那个寿司摊老板，不禁苦笑。那个女人的名字，乃至长相都已记忆模糊的现在，唯有寿司摊老板的脸孔能够正确地描绘出来，可见当时的寿司有多么难吃，带给自己多么深刻的寒冷与痛苦。本来，我就算被人带去据说可以吃到美味寿司的地方，也不会觉得好吃。寿司太大了，我每次都在想，难道不能捏成大拇指那样大就好？）

她在本所的木匠家租借二楼的房间，我在那二楼，毫不隐瞒平日自己阴郁的心情，就像牙痛严重发作般，一手捂住脸颊喝茶。而自己那样的姿态，似乎反而让她很欣赏。她也是个仿佛周身呼啸冷风，唯有落叶狂舞，完全遗世独立的女人。

一起睡觉时，她告诉我，她比我大两岁，故乡在广岛，她说她是有丈夫的，本来在广岛当理发师，去年春天，夫妻俩一起离家到东京来。但丈夫在东京不务正业，后来被控告诈欺罪，现在人在监狱。她说她每天都去监狱送点东西给丈夫，但从明天起她就不会再去了。不知为何，我对女人的身世故事毫无兴趣，或许是因为女人的叙述方式太拙劣，换言之，是搞错了说话的重点吧？总之对我来说，一概是耳边风。

好寂寞。

比起女人千言万语的身世故事，这样一句低语，肯定更能激起我的共鸣。但即便我如此期待，世间女子终究一次也没让我听见那句话，令我深感奇怪与不可思议。不过，那个女人虽未亲口说出"好寂寞"，却在无言中自身体的外廓散发出一寸宽的寂寞气流。靠近她身边时，连我的身体也会被那股气流笼罩，与自己身上多少带点棘刺的阴郁气流完美融合，宛如"安稳沉落到水底岩石的枯叶"，我也得以摆脱恐惧与不安。

那与躺在白痴妓女的怀中安心熟睡的感觉截然不同（先不说别的，起码那些娼妓非常开朗）。与那个诈欺犯妻子共度的一夜，对我而言是幸福的（我敢毫不犹豫地笃定使用这么郑重的字眼，在这本手记，想必不会再有第二次），被解放的一夜。

然而，仅仅是一夜。早晨睁开眼，我跳起来，又变回原来那个轻浮、虚伪的小丑。胆小鬼连幸福都害怕，甚至会被棉花弄伤，也会被幸福弄伤。趁着没受伤赶紧走人吧，我急着想就这样分手，于是照例使出耍宝的烟幕弹。

"俗话说得好，床头金尽缘也尽，那个啊，应该反过来解释。意思并不是说钱花光了就会被女人甩掉。男人没钱之后，不免意气消沉，变得不中用，连笑声也无力，而且还会莫名其妙闹别扭，最后自暴自弃，把女人甩掉，变得疯疯癫癫，认识一个甩一个，不停地甩女人。是这样的意思才对哟，这是《金泽大辞林》写的。真可怜，不过我也可以理解那种心情啦。"

印象中我讲出那样的蠢话，逗得恒子捧腹大笑。久居无益，该走人了，于是我脸也没洗便匆匆离去，但当时自己随口胡诌的那句"床头金尽缘也尽"，到了日后，竟产生意外的牵扯。

之后，我有一整个月都没再见过她。分开以后，随着日子流逝，喜悦淡去，萍水相逢之恩反而令人恐惧，我

自以为受到严重束缚，就连当天在那家咖啡厅的消费全部
让恒子付账这种俗事，也开始令我耿耿于怀。我觉得恒子
也和房东女儿以及那个女子高等师范生一样，是只会胁迫
我的女人。于是虽然离她远远的，但还是因她而惶惶不可
终日。而且我总觉得，如果再碰见曾与自己同床共枕的女
人，届时一定会遭到对方的怒火轰炸。实在懒得再碰面，
因此我逐渐对银座敬而远之，但是我那种怕麻烦的躲避心
态，决非出于我的狡猾，我只是还无法理解一个不可思议
的现象。我不懂女人这种生物为何能把上床后与早上起床
之后当成没有任何关联的两码事，好像完全失忆似的把两
个世界彻底分隔开来过生活。

　　十一月底，我与堀木在神田的路边摊喝便宜酒，这
个损友，离开那个摊子后，提议再换地方喝酒。我们身
上都没钱了，即便如此，他还是死皮赖脸嚷着："去喝嘛，
去喝嘛。"这时，一方面也是因为醉了变得大胆，我说：

　　"好，既然如此，我带你去梦幻王国。你可别吓到
哟，那里简直是酒池肉林……"

"是咖啡厅吗？"

"对。"

"咱们走！"

于是，我俩跳上电车，堀木很兴奋，

"我今晚正愁没女人呢。可以亲吻女服务生吗？"

我不太喜欢堀木露出那样的醉态，堀木也很清楚这
点，所以才刻意对我如此强调。

"可以吧？我要亲亲哟，我今天一定会亲吻坐在我旁
边的女服务生。可以吧？"

"随便你。"

"太好了！我想死女人了。"

我们在银座四丁目下车，去那所谓"酒池肉林"的大型咖啡厅。仗着恒子在那里，我即便身无分文也大摇大摆走进去，在空着的卡座与堀木相向坐下。恒子与另一名女服务生立刻跑过来，那名女服务生挨在我身边，恒子却一屁股在堀木身旁坐下，我见了赫然一惊，恒子马上要被亲吻了。

　　我并无惋惜之意，我本来就没有什么占有欲，即便偶有一丝惋惜，也没有那种心力去勇敢主张所有权与人争夺。后来，我甚至眼睁睁看着自己的同居女友遭到侵犯。

　　我尽可能不去接触人与人之间的纠纷，我害怕被卷进那个旋涡。恒子与我，不过是一夜情。她并不属于我，我自然不可能有惋惜之类的自恋欲望。但是，我还是猛然失魂。

　　就在我眼前承受堀木猛烈亲吻的恒子的处境，令我心生同情。被堀木弄脏的恒子，恐怕非和我分手不可吧？而且，我也没有积极的热情足以挽留恒子。唉，这下子结束了。恒子的不幸令我在一瞬间惊恐，但我立刻像水一样老实认命，来回看着堀木与恒子的脸，冷冷地笑着。

然而，事态意想不到地有了更糟的发展。

"算了！"

堀木竟然撇着嘴说，

"就算是我，对这么穷酸的女人也……"

他似乎倒尽胃口，当胸交抱双臂冷冷打量恒子，露出苦笑。

"拿酒来，我没钱。"

我小声对恒子说，我恨不得大醉一场。原来以俗物的眼光看来，恒子甚至不配得到醉汉的亲吻，只不过是个寒酸、贫穷的女人。意外啊，意外啊，我如遭晴天霹雳。我前所未有地喝了又喝，喝了又喝，最后醉醺醺地与恒子面面相觑，悲哀地互相微笑，被人这么一说我才发现，她的确只是个异常疲倦贫穷的女人啊。这么想的同时，同样缺钱的人那种惺惺相惜（贫富差距造成的不和，看似陈腐，但我现在觉得那果然是戏剧永远的主题之一）、那样的亲切感，倏然涌现心头，我当下觉得恒子惹人怜爱，有生以来，就在此刻第一次有自觉地主动萌生微弱的爱意。

我吐了，醉得人事不省。喝酒喝成这样烂醉如泥，还是第一次。

等我醒来，恒子就坐在枕畔，我躺在本所那个木匠家的二楼房间。

"说什么床头金尽缘也尽，我还以为你在开玩笑，没想到是真的。你还真的不来了，真是莫名其妙的分手理由。我赚钱给你用也不行吗？"

"不行。"

之后，女人也睡了，黎明时分，女人的口中第一次冒出"死"这个字眼，她似乎对人生筋疲力尽了，而我想到自己对世间的恐惧、烦扰、金钱、那个地下运动、女人、学业，同样也无法继续忍受这种生活，于是我未作深思便同意她的提议。

然而，那时候，我其实还没有真正做好"寻死"的觉悟，多少还潜藏着"游戏心态"。

那天上午，我俩徘徊浅草六区的闹街，走进咖啡店喝牛奶。

"你来付钱。"

我站起来，从怀里取出钱包，打开一看，只有三枚铜板，凄惨的念头先于羞耻萌生，脑海当下浮现的，是自己在仙游馆的房间，那个只剩下制服与棉被，别无他物可以拿去典当的荒凉陋室，除此之外就是我现在穿在身上的蓝底飞白和服与披风，这就是我的现实，我清楚地意识到，我活不下去了。

见我手足无措，女人也站起来，探头看我的钱包，

"哎呀，就只有这点钱？"

她虽是无心之言，却还是令我痛入骨髓。这是我第一次只因为心上人发话就感到痛楚。没什么好说的，三枚铜板，根本算不上是钱。那是我从未尝过的奇妙屈辱，是令我活不下去的屈辱。说穿了，当时的我，终究还是未能脱离富家小少爷的心态吧。那一刻，我终于"切实感觉到"主动寻死的意愿，就此下定决心。

当晚，我俩跳进镰仓的海里。她说身上的腰带是向店里朋友借来的，把腰带解开，折叠妥当放在岩石上，我

也脱下披风，放在同一个地方，然后一起跳进水中。

那个女人死了，只有我一个人被救活。

我是高等学校的学生，况且我父亲也算小有名气，大概是有所谓的"新闻价值"，报纸好像当成重大新闻报道了这起事件。

我被送进海边的医院，一名亲戚自家乡赶来，替我收拾种种烂摊子，并且告诉我，家中以父亲为首的所有人都为此事非常愤怒，说不定会就此与我断绝关系，然后亲戚就回去了。但比起那个，我更思念死去的恒子，整天流泪不止。真的，在我到目前为止认识的人当中，我只喜欢过那个贫穷的恒子。

房东的女儿寄来一封足足写了五十首诗歌的长信，全是以"为我活着吧"这种怪怪的句子开头的短诗。护士小姐们也嘻嘻哈哈地来我的病房玩，甚至还有护士小姐紧握我的手后才走。

就在那间医院，他们发现了我的左肺有病，这倒是帮了我一个大忙，之后我以自杀帮助罪的罪名被警察自医院带走。但在警局，我被当成病人对待，特别把我关在保护室。

深夜，在保护室隔壁值班室值夜的年迈警察，轻轻推开隔间的房门。

"喂！"

他对我发话，

"很冷吧？过来我这边暖暖身子。"

他说。

我故意垂头丧气地走进值班室，坐下后对着火盆烤火。

"果然还是怀念死去的女人吧？"

"是的。"

我凝重地以细不可闻的声音回答。

"那毕竟是所谓的情分嘛。"

他的态度也逐渐傲慢起来。

"你第一次和她发生关系是在哪里？"

他摆出法官的派头，装腔作势地问。他大概把我当成小孩儿子，才会在秋夜无聊中，故意装得俨然是负责本案的侦办主任，企图从我口中套出香艳情史。我立刻察觉他的企图，费了好大的劲儿才忍住爆笑的冲动。我当然也知道，像这种警察的"非官方讯问"，一概拒答也没关系，但是为了替漫长的秋夜助兴，我故意很老实地表现出诚意，好像我真的深信老警察就是侦办主任，刑罚的轻重全凭他一念之间似的，随口做出"陈述"稍微满足他那好色的八卦心态。

"嗯，这下我大致了解了。只要你老实回答，我们自然也会手下留情的。"

"谢谢您，一切还要拜托您多多帮忙。"

简直是出神入化的演技，却是对自己毫无助益的卖力演出。

天亮后，我被署长叫去，这次才是正式侦讯。

我打开门，一走进署长室。

"哟，是个帅哥啊！这不是你的错，要怪就怪你母亲把你生得太帅。"

那是个肤色偏黑、好像刚从大学毕业的年轻署长。被他劈头这么一说，我觉得自己的半边脸仿佛布满大片红斑，是丑陋的残疾者，面容惨不忍睹。

这位宛如柔道或剑道选手的署长侦讯时非常干脆，与深夜那位鬼鬼祟祟、执拗好色的"侦讯"老警察有天壤之别。审问完毕后，署长开始检查要送交检方的文件。

"身体一定要好好爱惜才行。听说你好像咯血？"

他说。

那天早上，我莫名其妙咳嗽不止，每次一咳，我都会用手帕捂着嘴，结果手帕就像下起红色雨雾般的血渍。不过，那不是喉咙喷出的血，是昨晚耳下出现小疙瘩，被我抠破之后流的血。但是，我忽然觉得还是不要挑明真相对自己比较有利，因此只是垂下眼皮，分外可怜地回了一声：

"是。"

署长写完文件后，说：

"是否会起诉，要由检察官决定，但你最好发个电报或打电话给你的保释人，请他今天到横滨的检察局一趟。你应该找得到人吧？我是说你的监护人或保证人之类的。"

经常出入父亲东京那栋别墅的书画古董商涩田，与我们是同乡，也在父亲身边逢迎拍马做跟班，是个身材矮胖、年约四十的单身汉，我想起他正是我上学的保证人。他的脸孔，尤其是眼神，很像"比目鱼"，因此父亲总是喊他"比目鱼"，我也习惯如此称呼他。

我借用警局的电话簿查"比目鱼"家的电话号码，找到之后，打电话给"比目鱼"，请他来横滨的检察局。"比目鱼"的语气傲慢，与之前判若两人，不过他好歹还是答应了。

"喂，那台电话最好立刻消毒哟。毕竟，他痰中带血。"

我又被带回保护室之后，署长大声对警察们如此吩咐的声音，甚至传到坐在保护室的我耳中。

过了中午，我被细麻绳捆绑身体，虽然准许我用披风挡住，但麻绳的另一端被年轻的警察牢牢握住，我俩就这么一同搭乘电车前往横滨。

不过，我没有丝毫不安，倒是很怀念警局的那间保护室与老警察。唉，自己为何会这样呢？被当成罪犯捆绑，反而松了一口气，而且从容自得，如今写到当时的追忆，甚至都还觉得轻松愉快。

不过，那时"令人怀念"的回忆当中，唯有一件悲惨的糗事令我冷汗直流，终生难忘。我在检察局昏暗的小房间接受检察官的简单讯问，那位检察官年约四十，温文儒雅（如果我算是俊美，那肯定是邪淫的俊美；但那位检察官的容貌，堪称正派的俊美，有种聪明静谧的气质），应该不是那种会斤斤计较的人，因此我也毫无戒心，懵懵懂懂地陈述，突然间，我又咳嗽了，我从怀里掏出手帕，蓦然一看那血迹，顿时动起卑鄙的心眼儿，暗想这咳嗽说不定也能派上什么用场，于是我夸张地又假咳了两下，拿手帕捂着嘴朝检察官脸上偷瞄一眼，对方刻不容缓地问：

"是真的咳嗽吗？"

他露出非常平静的微笑，而我当时冷汗直流。不，至今回想起来，还忍不住发冷。若说那比中学时代傻瓜竹一嗫嚅“故意的，故意的”更戳我的背，把我踢落地狱的时候更可怕也绝不为过。中学那次，加上这一次，是我毕生演技的惨败记录。有时我甚至觉得，与其遭受检察官那种平静的侮蔑，还不如索性判我十年徒刑算了。

我被宣告暂缓起诉，但我毫不开心，只觉窝囊透顶。我在检察局休息室的长椅坐下，等待“比目鱼”来接我出去。

背后的高窗可以看见晚霞满天，一群海鸥正呈“女”字形飞去。

第 三 手 记

一

竹一当日的预言，一个成真，另一个落空了。受到女人迷恋这个不光荣的预言被他不幸言中，但是将来一定会成为伟大画家这个祝福的预言，可惜并未实现。

我只不过成了替少数几家粗俗杂志画图的无名三流漫画家。

由于那起镰仓自杀事件，我被赶出高等学校，寄居在比"目鱼家"二楼的一坪[1]半房间，家人每月送来微薄的生活费，而且不是直接寄给我，好像是悄悄寄给"比目

---

1 坪：日本传统的面积单位，主要用于计算房屋、建筑用地之面积，1
　坪约合 3.3 平方米。

鱼"（那似乎是家乡的哥哥们瞒着父亲偷偷寄来的），就此我与故乡的关系完全断绝。"比目鱼"还老是不高兴，即便我殷勤赔笑，他也板着脸，一个人竟可如此轻易地翻脸不认人，简直是卑鄙。不，该说是滑稽的大变化。

"你不可以出去哟，总之请你不要出去。"

他成天只会跟我这么说。

"比目鱼"似乎认定我还有自杀之虞，换言之，他大概认为我有追随女人再次跳海的危险，因此严格禁止我外出。但是不能喝酒也不能抽烟，只是从早到晚待在二楼的一坪半房间，呆坐在暖桌前翻阅旧杂志像傻瓜一样的我，已经连自杀的心力都没有了。

"比目鱼"的家，位于大久保的医专附近，书画古董商青龙园这个招牌上的文字倒是挺气派，其实只是一栋二户的其中一户，店面也很狭小，店内到处是灰尘，堆满乱七八糟的破铜烂铁（不过，"比目鱼"并不是靠店里那些破铜烂铁做生意，他自有门路把东家老爷的珍藏品转手卖给西家老爷，似乎从中捞了不少钱），他几乎整天都不在店里坐镇，通常一早就板着脸匆匆出门，守在店里的只有一个十七八岁的小伙计，此人等同于我的牢头。他有空时会与附近小孩儿在外面丢球玩耍，但他大概把二楼的房客当成傻瓜或疯子，甚至搬出成年人那套大道理对我说教，我的个性向来无法与人争辩，只好一脸疲倦或者佩服地洗耳恭听，表现出服从的态度。这个伙计是涩田（"比目鱼"）的私生子，但基于某些奇怪的内情，涩田无法公开父子的名分，而涩田一直未婚好像也是因为那方面的问题。我记得以前好像也听家里的人聊到一点儿那方面的传闻，但我对别人的身世向来没啥兴趣，所以不知详情究竟如何。不过，那个小伙计的眼神，同样令人莫名地联想到鱼眼，因此或许真的是"比目鱼"的私生子……不过，若真是那样，这对父子未免过得太凄凉了。深夜，他俩会背着二楼的我，叫来荞麦面默默进食。

"比目鱼"家的三餐向来是那个小伙计做，唯有二楼我这个米虫的三餐是另外以餐盘盛装，由小伙计一天三次送来二楼。"比目鱼"与小伙计自己，就在楼下阴湿的二坪多房间，一边不时乒乒乓乓发出碗盘相撞的声音，一边匆匆进食。

三月底的某个傍晚，"比目鱼"不知是意外找到什么赚钱的机会，还是另有什么计策（不过这两个猜测，即便都猜对了，想必也还有一些我根本无法猜到的琐碎原因吧），邀请我到楼下用餐，而且桌上罕见地还有酒，对着高级的鲔鱼（不是"比目鱼"）生鱼片，做东的主人自己连声感叹，频频赞赏，还不忘劝茫然的房客也喝点酒。

"今后，你到底有什么打算？"

我答不上来，从桌上的盘子拈起沙丁鱼片，望着那些小鱼干的银色眼珠，醉意渐渐散发，不由得缅怀昔日四处玩乐的时光，连堀木都令我怀念。我深深渴望"自由"，一回神近乎怅然落泪。

自从我来到这个家，连搞笑也提不起劲儿，只是在"比目鱼"和小伙计的轻蔑中躺着发呆，"比目鱼"似乎也回避与我推心置腹地长谈，我也无意追着那个"比目鱼"倾诉什么，我几乎真的成了一脸蠢相的米虫。

"暂缓起诉的话，好像不至于留下前科。所以，只要你下定决心，就可以重新做人。如果你肯洗心革面，主动找我认真商量，我也可以替你想想办法。"

"比目鱼"的说话方式——不，世间所有人的说话方式——都是这样拐弯抹角，带点含糊不清又逃避责任的微妙复杂感，那几乎毫无益处的严重戒心以及堪称数不清的心机，每每令我困惑，最后觉得什么都无所谓了，干脆以耍宝来敷衍带过或者默默点头全权交给他人处理，这等于摆出了承认失败的态度。

　　这时也是，日后我才知道，"比目鱼"如果直接对我做出以下这样的简单报告，可能早就没事了。"比目鱼"无谓的心计，也许该说世人难以理解的虚荣、爱面子，令我的心情无比阴郁。

　　"比目鱼"当时，本来只要这么告诉我就好：

　　"无论公立或私立，总之四月起，你必须找个学校就读。等你入学后，你家会寄来更充足的生活费。"

　　直到很久之后我才知道，事实上，就是这样安排的，而我想必也会听从安排。可是，"比目鱼"格外谨慎迂回的说话方式，反而让我拗着性子唱反调，连我的生存方向也彻底改变。

"如果无意找我认真商量的话，那我也没办法了。"

"商量什么？"

我是真的一头雾水。

"那个你心里有数吧？"

"比方说？"

"还比方什么啊，当然是你今后到底有何打算。"

"我应该去工作比较好吗？"

"不，问题在于你的心态是怎样。"

"可是，就算去上学……"

"那当然需要钱，不过问题不在于钱，在于你的心态。"

既然已安排好由家里寄钱来，他为何只字不提？只要有那一句话，我应该就可以下定决心，现在却让我仍旧如堕五里雾中。

　　"怎么样？你对将来有没有什么期望？看来，要照顾一个人，究竟有多么困难，被照顾的人是不可能明白的。"

　　"对不起。"

　　"我是真的很担心，既然答应要照顾你，自然不希望你抱着得过且过的心态。我希望你能下定决心，彻底走上更生之路。关于你将来的方针，如果你肯主动地找我认真商量，我也打算好好替你筹划。不过，毕竟是我这种贫穷'比目鱼'的援助，如果你还想要过以前那种奢华生活，那你肯定会失望。但你如果打定主意，确立了将来的方针，并且肯与我商谈，那我哪怕力量微薄，也会协助你重新开始。我这番心意你懂吗？今后，你到底打算怎么办？"

　　"如果你家二楼不能收留我，那我就去工作……"

"你是真心讲出这种话吗？这年头的社会，就算是国立的帝国大学毕业……"

"不，我不会去当上班族。"

"不然你想做什么？"

"画家。"

我鼓起勇气说出这句话。

"啥？"

我永远忘不了当时"比目鱼"缩起脖子嘲笑的脸上，闪过一抹异样狡猾的影子。那好似轻蔑的影子，却又不大相同，若将世间喻为海洋，在海中深达千寻[1]之处，似有那般奇妙的影子冉冉飘过，是一种仿佛倏然窥见成人生活奥秘的笑容。

"你这样子根本没法谈，看来你还在三心二意，你自

1　千寻：古代长度单位，八尺为一寻。"千寻"，形容极高或极长。

己好好想一想，今晚认真思考一晚。"

被他这么吩咐后，我像被人追赶似的仓皇躲回二楼，躺下之后，也没有浮现任何想法。然后，到了黎明，我就从"比目鱼"的家里逃走了。

"傍晚一定回来，我要去找朋友商谈将来的方针，请勿担心。真的！"

我用铅笔在信纸上以大字如此写下，然后留下堀木正雄的名字与他在浅草的住址，悄悄离开"比目鱼"的家。

我并非因为被"比目鱼"说教不甘心才逃走，正如"比目鱼"所言，我是个三心二意的男人，对于将来的方针完全没头绪，如果继续赖在"比目鱼"家当米虫，我也不好意思。况且就算将来我真的奋发图强立定志向，那个贫穷的"比目鱼"能够每月支援我、供我重新开始吗？想到这里我就非常悲哀，实在难以忍受。

不过，我并不是真的想找堀木那种人商量什么"将来的方针"才离开"比目鱼"家。哪怕只有一点点，我有一瞬间是想让"比目鱼"安心的（与其说我只是想趁机逃得越远越好才采取侦探小说的策略写下那种留言——不，那种心情肯定也有一点儿，但比起那个，或许更正确说来，是我害怕突然给"比目鱼"太大的打击会令他陷入混乱。虽然迟早都会东窗事发，但我害怕直接照实说，总是要加点掩饰，这是我可悲的习性之一，那虽然和世人鄙夷的"骗子"性格相似，但是我的掩饰几乎从来都不是在为自己谋利，我只是对于气氛冷场有种窒息般的恐惧，所以即便明知事后会对自己不利，即便我素来"拼命讨好他人的服务"被扭曲得微弱又可笑，往往还是会基于那种服务精神忍不住多加一句修饰，不过这种习性，到头来也被世间所谓的"正人君子"大大利用），所以当时才会将蓦然自记忆底层浮现的堀木住址与姓名写在信纸末端。

我离开"比目鱼"家，一路走到新宿，卖掉怀中的书，然后还是走投无路了。虽然我对大家都笑脸相迎，但"友情"这种东西我一次也没体会过，撇开堀木那种吃喝玩乐的朋友不提，所有的交际往来，都只令我感到痛苦。我拼命扮演小丑试图疏解那种痛苦，却反而把自己累得像狗，在路上遇见寥寥无几的熟人，甚至只是与熟人相似的脸孔，都会把我吓一跳。一瞬间，涌上头晕眼花的不快战栗，就算知道被人喜欢，好像也欠缺爱人的能力（不过，我对这世间众生是否真有"爱"的能力深感疑问）。这样的自己，自然不可能交到所谓的"好友"，而且自己甚至连"拜访"朋友的能力都没有。他人的家门，于我而言，比《神曲》[1]的地狱之门更恐怖，在那大门深处，不夸张，我真的感受到宛如可怕巨龙的腥臭奇兽蠢蠢欲动。

不管跟谁，我都没来往，也无法拜访任何地方。

堀木。

这下子倒是弄假成真了，我决定就照我留的纸条所写，去浅草找堀木。过去，我一次也不曾主动造访堀木家，多半是打电话把堀木叫来我这里，但现在我连那笔电报费都不舍得花，况且在落魄潦倒的情况下，也忍不住多心猜疑只是打电报的话堀木不一定肯来，最主要的是，当我决定进行自己不擅长的"拜访"，唉声叹气搭乘电车，发现对自己而言这世上唯一的救命稻草竟是那个堀木，总

---

1 《神曲》：著名意大利诗人但丁·阿利盖利创作的长诗，反映了意大利当时的社会矛盾。

觉得有种背上发冷的惨淡心情。

堀木在家，那是位于肮脏小巷深处的双层楼房，堀木住在二楼唯一的三坪房间，堀木的老父母与年轻的工匠三人正在楼下忙着缝制木屐的鞋带，敲敲打打制作木屐。

堀木这天向我展现了他身为都市人的崭新一面，那是俗称的老滑头，是让我这个乡巴佬愕然瞪眼的冷漠、狡猾的利己主义，他不是我这种只会得过且过、随波逐流的男人。

"我真是败给你了。你老爹原谅你了吗？还没有吗？"

我不敢说我是逃出来的。

我照例敷衍带过，虽然肯定会立刻被堀木发现，我还是满口敷衍。

"反正总会有办法的。"

"喂，这可不是开玩笑的。我得忠告你，愚蠢也该适可而止。我今天还有事情，最近我忙得要命。"

"有事情？什么事？"

"喂、喂，不要把我家坐垫的线扯断了。"

我一边说话，一边无意识地以指尖把玩、拉扯自己坐的坐垫四角边缘，不知是线头还是系绳的穗状须线。只要是堀木家的东西，他好像连坐垫边上的一根线都舍不得，毫无愧色地横眉竖眼喝止我。仔细想想，堀木在之前与我的交往中从未有过任何损失。

堀木的老母亲，端着托盘送来两碗红豆汤。

"啊，这真是……"

堀木像是真心诚意的孝子，在老母亲面前惶恐不已，说话也恭敬到不自然的地步。

"不好意思，这是红豆汤吗？真是大手笔啊！您千万不要这么费心。我还有事，马上就得出门了。哎，不过，您特意端来拿手的红豆汤，这可不能糟蹋。那我开动了，你也来一碗吧？是我母亲特地替我煮的。啊呀，这玩意儿，真好喝。真是大手笔啊！"

说着，好像也不尽然是惺惺作态，只见他非常开心，吃得津津有味。我也啜了一口，那是白开水的味道，然后咬了一口汤里的饼才发现，那根本不是饼，总之是我不认识的东西。我绝非瞧不起他们的贫穷（那时，我并不觉得难吃，同时也对老母亲的爱心深为感动。对我来说，就算对贫穷有恐惧感，但我自认并无轻蔑之意），那碗红豆汤，以及为红豆汤高兴的堀木，让我见识到都市人节俭的本性，还有内外明确区分的东京家庭真面目。唯有我这个内外不分、只顾着不断四处逃离常人生活的蠢蛋被彻底抛弃，甚至被堀木抛弃，这感觉令我很狼狈，在此我只想记下当时一边使用红豆汤那漆色斑驳的筷子，一边深感落寞的这件事。

"不好意思，我今天还有事。"

堀木站起来，一边穿外套一边说。

"失陪了，不好意思。"

这时，有位女访客来找堀木，我的命运也急转直下。

堀木顿时生龙活虎，

"呀，不好意思。我现在正准备去找你呢！都是这个人突然跑来。不，没关系。来，请坐。"

他显然手忙脚乱，我把自己坐的坐垫抽出来翻面递过去，被他抢过去再翻个面才递给那个女人。房间里，除了堀木的坐垫，就只有一个客用坐垫。

女人很瘦，个子很高。把坐垫推到一旁，在门口附近的角落坐下。

我懵懂地听着二人的对话，女人似乎是杂志社的人，好像之前委托堀木画插图还是什么东西，现在大概是来拿那个。

"我赶时间。"

"已经好了，早就画好了。就是这个，请看。"

这时电报来了。

堀木看了电报，本来高兴的脸顿时一沉。

"啐！喂，你看这是怎么回事？"

是"比目鱼"发来的电报。

"总之你现在就给我立刻回去，我本来该送你回去，但我现在没那个闲工夫。你既然离家出走，就不要那么一脸优哉。"

"您住在哪里？"

"大久保。"

我不假思索地回答。

"那样的话，离我们公司很近。"

女人生于甲州，今年二十八岁，和五岁的女儿住在高圆寺的公寓，她说丈夫逝世已有三年。

"想必在成长过程中吃了不少苦吧！心思这么细腻，真可怜。"

我第一次过起小白脸的生活，静子（这是那个女记者的名字）去新宿的杂志社上班后，我就与静子五岁大的女儿茂子乖乖看家。以往，母亲不在家时，茂子似乎都是在公寓管理员的房间玩，现在有个"心思细腻"的叔叔陪她玩，她好像非常开心。

　　我就这么茫茫然待了一星期左右，公寓窗口旁的电线上，挂了一只风筝，被春天灰扑扑的风吹来吹去已经破了，却还是紧紧缠在电线上不肯离开，好像还在频频点头，我每次看到那个场景就不免苦笑，偶尔为之脸红，甚至做噩梦不断呻吟。

　　"好想要钱。"

　　"……要多少？"

　　"很多……俗话说床头金尽缘也尽，那是真的呢。"

　　"太可笑了。那种老掉牙的说法……"

　　"会吗？可是，你不懂。再这样下去，我说不定会逃走。"

"到底是谁比较穷啊？而且应该是谁要逃？真奇怪。"

"我想自己挣钱，用那笔钱买酒。不，买香烟。就连画画，我自认也比堀木那种人厉害多了。"

这种时候，在我脑海浮现的，是中学时代画的那几张被竹一称为"妖怪"的自画像。那是遗失的杰作，在我一再搬家的过程中虽已遗失，但唯独那个，我觉得的确是"非凡杰作"。日后，就算我尝试画各种东西，还是远远不及回忆中的杰作，每每让我陷入心头空洞的无力丧失感。

一杯喝剩的苦艾酒。

对于那永远难以弥补的丧失感，我偷偷如此形容。一提到画画，那杯喝剩的苦艾酒就会在我的眼前闪现。啊，好想让这个人看那些画，让这个人相信我的绘画天分，这样的焦躁令我苦闷不已。

"呵呵，不见得吧！你一本正经地开玩笑真可爱。"

不是开玩笑，是真的。唉，好想让她看我的自画像。我独自烦闷，蓦然念头一转，索性放弃，改口说：

"是漫画啦！至少，若是漫画，我自认画得比堀木好。"

那种糊弄人的玩笑之词，反而让她认真相信了。

"是啊！我也很佩服。你每次替茂子画的漫画，连我看了都忍不住爆笑。你何不试试看？我可以帮你拜托我们杂志社的总编辑。"

她那个杂志社，发行不太知名的儿童月刊杂志。

"……看到你，一般女人都会忍不住想替你做些什么……因为你总是畏畏缩缩，可是偏偏又很滑稽……有时，你一个人看起来好消沉，那种忧郁的样子，反而更加撩动女人的芳心。"

静子另外还说过关于我的很多，就算被捧得高高的，想到那说穿了是小白脸的猥琐特质，只会令我更"消沉"，完全提不起精神。钱比女人重要，我私心只想摆脱静子自食其力，虽然拼命动脑筋，结果反而不得不越来越依赖静子，离家出走的善后问题，几乎全是这个比男人还强的甲州女子在打点，最后倒让我面对静子不得不更加"畏畏缩缩"。

在静子的安排下，"比目鱼"、堀木还有静子三人的会谈成立，我与故乡彻底断绝关系，从此和静子正大光明地同居，同时在静子的奔走下，我的漫画意外赚来不少钱，我拿那笔钱买酒，也买了香烟，但我的彷徨苦闷与日俱增。那真是"消沉"再"消沉"，替静子的杂志描绘每月连载漫画《金多与尾多冒险记》时，蓦然想起故乡的家，有时甚至会在过度落寞下再也动不了笔，就这么低头垂泪。

对于这种时候的自己而言，唯一能够稍微安慰我的，就是茂子，茂子当时毫无芥蒂地喊我"爸爸"。

"爸爸，听说只要祈祷，神就会答应任何要求，是真的吗？"

我心想，我才真的需要那种祈祷呢。

神啊，请赐给我冷澈的意志，请让我明白"人类"的本质。人即便排挤别人也无罪吗？请赐给我愤怒的面具。

"嗯，对。若是茂子祈祷，神大概什么都会答应，但是爸爸的祈祷恐怕不管用。"

我连神都害怕，我不信神的慈爱，只信神的惩罚。信仰，我觉得那只是为了让人接受神的鞭笞，垂头丧气地走向审判台。就算地狱可以相信，我也无法相信天堂的存在。

"为什么不管用？"

"因为我不听爸妈的话。"

"噢？可是大家都说，爸爸是个大好人。"

那是我骗他们的，这栋公寓的人都对我抱有善意，这我知道，但是他们不知我有多害怕大家，越害怕就越被人喜欢，而且越被人喜欢我就越害怕，不得不远离众人，要向茂子说明这种不幸的毛病，实在太困难了。

"茂子想向神祈求什么呢？"

我漫不经心地转移话题。

"茂子想要茂子真正的爸爸。"

我愣住了，头晕目眩。敌人，自己是茂子的敌人吗？茂子是我的敌人吗？总之，这里也有威胁到我的可怕成年人。他人，费解的他人，充满秘密的他人，茂子的小脸，顿时看似如此。

本以为唯有茂子是例外，果不其然，这个人也有"不经意间拍死吸血蝇的牛尾巴"。从此，我甚至在茂子面前都不得不畏畏缩缩。

"色魔！你在吗？"

堀木又开始主动来找我了，离家出走的那天，他明明让我饱受冷落，但我还是无法拒绝他，微带笑意去迎接。

"你画的漫画好像挺受欢迎的嘛！业余的就有像你这种天不怕地不怕的傻大胆，所以我才受不了。不过，你可别得意忘形哟！因为你的素描功力一点儿也不像样。"

他甚至摆出师傅的架势，要是把我那"妖怪"画作给这家伙看，不知他会作何表情？我照例只能徒自苦闷。

"不要那么说嘛！我会忍不住哀号。"

堀木越发得意扬扬。

"只有混社会的本事，迟早会露出马脚哟。"

混社会的本事……我真的只能苦笑了。他居然说我有混社会的本事！但是，像我这样怕人、避人、敷衍人，与遵奉俗谚所谓的"多一事不如少一事"这种伶俐狡猾的处世格言，能够算是同样的形式吗？唉，人类彼此互不了解，简直充满误解，偏又自以为是独一无二的密友，一辈子都没发现那个真相，等到对方死了，可能还会哭着念什么吊文[1]吧。

堀木毕竟是（虽然肯定是被静子强迫才勉强答应）出面替我收拾离家出走那个烂摊子的人，因此他的态度就像是我的再世恩人或月下老人，一脸理所当然地对我说教，再不然就是深夜醉醺醺地登门过夜，甚至还找我借五元（每次的金额都是五元）。

"不过，你拈花惹草的毛病最近也已经改了吧。再闹下去，世间可不会原谅你哟。"

他口中的世间，究竟是指什么？是多数人吗？上哪

---

1 吊文：悼念死者的文字。

儿去找世间这种东西的实体？不过，以往我一直认为那是强大、严苛、可怕的东西，被堀木这么一说，蓦然之间：

"所谓的世间，不就是你吗？"

这句话本已到舌尖，可我又不想激怒堀木，只好吞回去。

（世间可不会原谅你。）

（不是世间。是你不会原谅吧？）

（做那种事，会被世间狠狠收拾哟。）

（不是被世间。是被你吧？）

（你很快就会被世间葬送。）

（不是被世间。要葬送我的，是你吧？）

你也不瞧瞧你那可怕、怪诞、恶劣、老奸巨猾、老巫婆的德行！诸如此类的言辞在我心头来来去去，我拿手帕抹掉脸上的汗。

"我都冒冷汗了。"

只是笑着这么说罢了。

然而，打从那时起，我就产生"世间该不会只是个人吧"的想法。

并且在我开始怀疑世间只是个人之后，比起以往，我多少可以凭自己的意志行动了。如果借用静子的说法，我是变得有点儿任性，不再畏畏缩缩了。若借用堀木的说法，就是变得异样小气。若用茂子的说法，则是不再那么疼爱茂子了。

我不说不笑，日复一日，一边照顾茂子，一边画《金多与尾多冒险记》，或者索性模仿《优哉老爹》的"优哉和尚"以及"急性子小早"这些标题来画一些我自己都觉得莫名其妙的连载漫画，应付各家的邀稿（除了静子的杂志社，慢慢也有别家来邀稿了，但那些杂志社比静子的杂志社品味更低级，是三流杂志社的邀稿），我怀着满腔阴郁，慢吞吞地作画（我作画速度算是非常慢），如今只是为了酒钱而作画，然后等静子下班回来，就和她交班，自己臭着脸外出，去高圆寺车站附近的路边摊或小酒吧喝廉价烈酒，稍微快活后才回公寓。

"你的长相越看越古怪耶！'优哉和尚'的脸，其实就是从你的睡脸得来的灵感。"

"你的睡脸也很苍老哟！像个四十岁的男人。"

"那还不都是你害的，是被你吸干了。人生未卜似水流，无须河畔空忧愁……"

"别闹了，快点儿睡吧。还是你想吃饭？"

她一派镇定，完全不搭理我。

"若有酒我倒想喝一点儿。人生未卜似水流，水流未卜……不，人生未卜似人流……"

我边唱边让静子替我脱衣服，把额头抵着静子的胸口入睡，这就是我的日常生活。

日日重复同样的事，

只要依循一如昨日的惯例即可。

只要避开芜杂巨大的欢乐，

自然也不会有巨大的悲哀降临。

前方若有挡路的石头，

蟾蜍会绕路而行。

当我看到上田敏[1]翻译查尔·柯娄[2]的这段诗句，我不由得脸如火烧。

蟾蜍。

（那就是我啊！世间对我已没有原不原谅可言，也不是葬不葬送的问题。我是比小猫小狗更劣等的动物，我是

---

1 上田敏（1874—1916），日本作家，诗人，评论家。
2 查尔·柯娄（1842—1888），法国诗人。

蟾蜍，只会慢吞吞地动作。）

我的酒逐渐越喝越多，不只是在高圆寺车站附近，也跑去新宿、银座那边喝，甚至在外过夜，只是我不再刻意依循"惯例"，不是在酒吧做出无赖汉的举动，就是亲吻全场所有女人，换言之，我又像殉情之前……不，甚至比当时喝酒喝得更放荡、更粗鄙，没钱的时候，就拿静子的衣物去典当。

至此，已离我对着那破风筝苦笑过了一年有余，樱花落尽冒出新芽时，我又把静子的和服腰带及衬裙之类的偷偷拿去当铺换了钱，在银座喝酒，连续两晚外宿，第三天晚上终于觉得不好意思，无意识地放轻脚步，蹑足回到静子的公寓房门前，室内传来静子与茂子的对话。

"为什么要喝酒？"

"爸爸他啊，不是因为喜欢酒才喝哟。因为他人太好了，所以……"

"好人就要喝酒吗？"

"也不是那样……"

"爸爸看了，一定会大吃一惊吧。"

"说不定会讨厌呢！你看，你看，从箱子里蹦出来了。"

"好像'急性子小早'哟。"

"是啊。"

静子打从心底感到幸福的低笑声传来。

我把门打开一条细缝往里看，是小白兔。兔子在房间里跳来跳去，母女俩追在后头。

（这些人真幸福，像我这样的笨蛋，介入这两人之间，很快就会毁灭这两人。小小的幸福，美好的母女。幸福……啊，如果神真的肯听我这种人的祈祷，只要一次就好，一辈子一次就好，我衷心祈求幸福。）

我很想当场蹲下来合掌祈祷，但悄悄关上门后，我又去了银座，再也没回那间公寓。

然后，在京桥附近小酒吧的二楼，我再次当起了小白脸，无所事事地混日子。

我好像也对世间懵懵懂懂略有了解了，那是个人与个人之争，而且是当场之争，只要当场争赢了就好，"人绝对不会服从人"，就连奴隶都会以奴隶惯有的卑微方式报复，所以人只能当场一决胜负，否则别无生存的余地。嘴上标榜着冠冕堂皇的名义，努力的目标却是个人，超越个人之后还是个人，世间的难以理解，就是个人的难以理解。汪洋不是世间，是个人。我终于多多少少摆脱对世间这个汪洋幻影的恐惧，不再像以前那样漫无边际地左思右想，我已懂得应当下的必要、稍微厚着脸皮行动了。

离开高圆寺的公寓，我对京桥小酒吧的老板娘说：

"我和她分手了。"

只说这句就已足够，换言之胜负已定，自那夜起，我霸道地在那二楼住了下来，但是本该可怕的"世间"，并未对自己造成任何危害，而我也没有对"世间"做任何辩解，只要老板娘对我有那个意思，一切就行了。

我像是那间酒吧的客人，又像丈夫，又像跑腿打杂的，也像个亲戚，在外人看来想必是来路不明的人物，"世间"却一点儿也没有起疑，那间酒吧的常客经常"小叶""小叶"地亲热喊我，对我非常关怀，还请我喝酒。

我对这世间逐渐不再用心提防，我开始觉得，世间其实并没有那么可怕。换言之，自己过去的恐惧感，就像是被"科学的迷信"吓唬，担心春风中带有几十万百日咳[1]的霉菌、公共澡堂藏有几十万会让人瞎掉的霉菌、理发店有几十万秃头病的霉菌、省线电车的吊环上有无数疥癣虫，还有生鱼片与烤得半熟的猪、牛肉必然藏有绦虫的幼虫以及吸虫之类的虫卵，光脚走路时脚底会被玻璃碎片刺穿，那个碎片会顺着血管行经体内，最后到达眼球导致失明。的确，空气中有数十万霉菌浮游的说法，就"科学的角度"应是正确的。同时，现在我也已明白，只要我完全抹杀那个存在，那只不过是与自己毫无瓜葛、转眼便会消失的"科学幽灵"。人们总说便当盒里如果剩下三颗饭

1　百日咳：一种急性呼吸道传染病。

粒，一千万人一天各剩三颗，就等于浪费了多少袋白米；或者如果一千万人每天各节省一张卫生纸，不知可省下多少纸浆，诸如此类的"科学统计"以前不知让我有多么害怕。每次哪怕只是剩下一颗饭粒，或者擤一下鼻子，便会陷入浪费了成堆白米、成堆纸浆纤维的错觉，好像自己犯下滔天大罪似的有种阴暗心情，不过那其实是"科学的谎言""统计的谎言""数学的谎言"。三颗米饭不是能够汇集的东西，就算当作加减法的应用问题，也是极为原始且低能的题目，就像计算在没开灯的昏暗厕所，人们进去几次之后会有一次一脚踩空掉进粪坑；或者省线电车的乘客，多少人当中有几人会失足掉落电车出入口与月台边缘缝隙的概率一样可笑，那种事虽然的确有可能发生，但是真的掉进粪坑受伤的例子从来没听说过。可昨日之前的自己，把那样的假说当成"科学的事实"学习，当成现实全盘接受，并且为之恐惧，想想还真是可怜又可笑，我等于现在才一点一滴慢慢了解世间这个实体。

不过，人类这种生物，依旧令我害怕，即便要与店里的客人见面，也得等我灌下一杯酒之后再说。人往往是越可怕的东西就越好奇，越想看，我每晚还是去店里，就像小孩儿有点儿害怕小动物反而偏要紧紧抓住，我甚至对店里的客人醉醺醺地大谈拙劣的艺术论。

漫画家，但我是个既无巨大欢乐，亦无巨大悲哀的无名漫画家。虽然内心焦虑地想着："事后来个巨大的悲哀也没关系，总之我想要芜杂巨大的欢乐，可自己现在的欢乐，不过是与客人讲讲无聊的废话，喝喝客人请的酒。"

来到京桥，这种无聊的生活已持续近一年，我画的漫画，除了儿童杂志，也开始刊登在车站卖的那种粗俗猥琐的杂志上，我用上司几太（殉情未遂）[1] 这个胡闹的化名，画着下流的裸体画，而且多半穿插《鲁拜集》[2] 的诗句：

无用的祈祷何不停止？

引人落泪之物索性抛开。

1　日语中"上司几太"与"殉情未遂"同音。
2　《鲁拜集》：波斯诗人欧玛尔·海亚姆（1048—1131）所著诗集。

来吧，喝一杯，且记美好回忆，

忘记多余的烦忧。

以不安与恐惧威胁人的家伙，

畏惧自己犯下的大罪。

为了防备死者的复仇，

终日动脑筋算计。

昨晚，美酒令我心充满喜悦，

今朝，醒来徒留荒凉。

奇怪，一夜之间，

心情竟有如此转变！

别再想什么报应！

宛如远方响起的鼓声，

总觉得令人不安，

若连放个屁都得一一问罪，那就没救了！

正义是人生的指针吗？

那么涂满鲜血的战场上，

暗杀者的刀尖，

又蕴藏何种正义？

何处有指导原理？

又有何睿智之光？

美丽又可怕的尘世，

脆弱的人子扛起难以负荷的重担。

只因种下无能为力的情欲种子，

便得受尽善恶罪罚之类的诅咒。

我们无能为力、手足无措，

只因神没有赐予摧折的力量与意志。

你在何处彷徨？

在做什么批判、检讨、重新认识？

嘿！那是空虚的梦想，莫须有的幻想！

嘿嘿！忘了喝酒，一切都是虚假的妄念！

如何？请看这无垠的长空，

我们只是其中渺小的一点。

这地球为何自转谁知道？

自转、公转、反转都随便他！

所到之处，皆感到至高的力量，

在所有国家的所有民族，

皆可发现同样的人性。

独我成了异类吗？

大家都读错《圣经》了，

不然就是毫无常识与智慧。

竟然禁止肉身的喜悦，还禁止喝酒，

够了，穆斯塔法！那最令我厌恶！

（摘自《鲁拜集》，由已故的堀井梁步翻译）

然而当时，有个少女劝我戒酒。

"你这样不行啦，每天从大白天就喝得醉醺醺。"

那是酒吧对面那家小香烟铺的老板女儿，年约十七八岁。她叫作良子，肤色白净，有对小虎牙。我每次去买烟，她都会笑着劝我。

"为什么不行？为什么不好？有多少酒就喝多少，良子啊，'消除心中的憎恶吧'。这是以前波斯的——算了不提那个，诗人还说：'替悲伤疲惫的心带来希望的，唯有令人微醺的玉杯。'你懂吗？"

"不懂。"

"臭丫头。小心我亲你哟！"

"你来呀。"

她毫不退缩地噘出下唇。

"笨蛋。要有贞操观念……"

但是，良子的表情，有种分明没被任何人污染的处女气息。

刚过完年的某个寒夜，我喝醉了去买香烟，掉进那个香烟铺门前的人孔[1]。"良子，快来救救我！"我大叫，良子把我拽上来后，替我包扎右臂的伤口，当时良子很感慨：

"你真的喝太多了。"

她板着脸说。

我虽然不在乎死掉，但我绝对不想受伤、流血、缺胳膊、断腿，因此一边让良子替我包扎手臂的伤，一边暗想是否真的该戒酒了。

"我要戒酒，从明天起，一滴也不喝了。"

"真的吗？"

"我一定会戒，如果我戒了，良子，你嫁给我好不好？"

1　人孔：在日本为下水道、电气或通信工程用，大小刚好够一个人进出，其上盖绘有各种图案。

不过，叫她嫁给我当然是开玩笑。

"当当。"

当当是"当然好"的简称，当时很流行潮男、潮女之类的各种简称。

"好，我们拉钩，我一定会戒掉。"

隔天，我照样从中午就开始喝酒。

傍晚，我踉跄出门，站在良子的店门口，

"良子，对不起哟。我喝酒了。"

"哎呀，讨厌啦。你干吗假装喝醉？"

我大吃一惊，醉意也醒了。

"不，是真的。我真的喝了，我没有假装喝醉。"

"你别逗我了，真是坏人。"

她丝毫不怀疑。

"你看了就知道嘛！今天，我也是从中午就喝酒，请原谅我。"

"你的演技真好。"

"不是演戏啦，笨蛋。小心我亲你哟！"

"你来呀。"

"不，我没那个资格。娶你的事也得死心了。你看我的脸，很红吧？就是喝酒喝的。"

"那是因为夕阳照在脸上啦！别想骗我哟！昨天已经约定好了，你怎么可能喝酒，都已经拉钩了。说什么喝了酒，都是骗人的、骗人的。"

看着坐在昏暗店内微笑的良子那一张雪白小脸……唉，不知污秽的童贞是尊贵的。过去，我从未和比自己年轻的处女睡过，结婚吧！就算事后会有巨大的悲哀降临也无妨，且享受芜杂的巨大欢乐，哪怕一生仅此一次也好，以前我以为童贞的美好不过是愚蠢的诗人甜美感伤的幻想，但我发现它果然活生生在这世上，结婚后等到春天，二人就一起骑脚踏车去看青叶瀑布吧！我当下如此决定，本着所谓的"当场一决胜负",毫不迟疑地盗采那朵娇花。

而我们，之后结婚得到的欢乐未必巨大，但后来降临的悲哀，以凄惨来形容犹嫌不足，实在超乎想象的巨大。对我来说，"世间"果然深不可测，是个可怕的地方，绝非仅凭一场胜负便可搞定一切那么好混。

二

堀木与我。

我们互相轻蔑却又不时来往，而且彼此都自甘堕落，如果这就是人世所谓"交友"的姿态，那我与堀木的关系，显然正是"交友"。

我仰赖京桥那间小酒吧老板娘的侠义心（女人的侠义心，听起来好像很奇怪，但是，根据我的经验，至少以都会男女的情况而言，往往都是女人比男人更具有那种堪称侠义心的精神。男人多半胆子很小，只顾着要面子，而且很小气），与香烟铺的良子私订终生后，我在筑地的隅田川附近、木造双层小公寓的楼下租了一个房间，二人开始同居，我不再喝酒，也专心投入差不多已快成为我固定职业的漫画工作，晚餐后我俩一起去看电影，回程就去咖啡店坐坐，或者买个花盆。不，更大的乐趣，是聆听这个打从心底信赖我的小新娘说话，观察她的一举一动。说不定，如今我也渐渐变得像个正常人，不必采取悲惨的死法了？这样的天真念头才刚刚令我的心头略有暖意，堀木就再次出现我眼前。

"嗨！色魔。咦？你这小子居然看起来稍微懂事了。我今天来，是充当高圆寺女士的使者。"

说到一半，他忽然压低嗓门儿，朝正在泡茶的良子那边努努下巴，问我有没有关系。

"没关系。有话你尽管说。"

我镇定地回答。

实际上，良子堪称信赖的天才，我与京桥那间酒吧老板娘的事就不用说了，我把在镰仓发生的殉情事件告诉她后，她也毫不怀疑我与恒子的关系，那并不是因为我撒谎撒得天衣无缝。有时，我甚至直接挑明了说，但对良子而言，那些好像全都是玩笑话。

"你还是一样这么自恋。放心，不是什么大事，只是人家托我转告你，偶尔也去高圆寺玩玩。"

每当我快要遗忘时，怪鸟就会振翅而来，用它的尖喙戳破记忆的伤口。过去的耻辱与罪恶的记忆，顿时在眼前历历分明，几乎脱口惊叫的恐惧，令我再也坐不住。

"去喝酒吧！"

我说。

"好。"

堀木说。

我与堀木二人在外形上很相似，有时甚至让人觉得是一模一样的人。当然，那只限于到处喝廉价酒时，总之我俩只要一碰面，转眼就会像是同样外形同样毛皮的小狗在下雪的巷子跑来跑去。

自那日起，我们等于重温旧交，也一起去京桥那间小酒吧，最后，两只烂醉如泥的狗甚至造访高圆寺的静子公寓，当天在那里过夜，隔天才回去。

那是我永难忘怀的闷热夏夜。堀木在日暮时分穿着皱巴巴的浴衣来到我位于筑地的公寓，他说今天基于某种必要已将夏装典当，但若被家中老母知道会很麻烦，他想立刻赎回来，所以叫我先借钱给他再说。不巧我这里也没钱，我照例吩咐良子，把良子的衣物拿去当铺换钱，借给堀木后还剩一点儿钱，于是我叫良子拿那剩下的钱去买烧酒，我俩去公寓楼顶，吹着隔田川 [1] 不时微微飘来充满泥腥味的河风，举办一场寒酸的纳凉晚宴。

那时，我们开始玩喜剧名词与悲剧名词的辨别游戏。这是我发明的游戏，名词本就有男性名词、女性名词、中性名词的区别，但是同时，我认为也该有喜剧名词与悲剧名词的区别。比方说，汽船与火车都是悲剧名词，市营电车与公交车都是喜剧名词，不懂为何这么区分的人不配谈艺术，剧作家在喜剧中只要穿插一个悲剧名词就已不及

---

1 隔田川：日本东京都的河流，注入东京湾。

格，悲剧的场合亦然。

"准备好了吗？香烟？"

我问。

"悲（悲剧的简称）。"

堀木当下回答。

"药呢？"

"是药粉还是药丸？"

"打针。"

"悲。"

"会吗？也有激素注射呢。"

"不，绝对是悲。首先，针不就是标准的悲剧吗？"

"好吧，算我认输。不过，我告诉你，药和医生，那些出乎意料地是喜（喜剧的简称）哟。那死呢？"

"喜，牧师与和尚亦然。"

"说得好。那么，生就是悲剧咯？"

"不对。那也是喜剧。"

"不，那样的话，岂不是样样都成了喜剧。那么，我再问你一个，漫画家呢？这你总不会说是喜剧了吧？"

"悲，悲。特大号悲剧名词！"

"搞什么，大悲剧明明是你。"

变成这种三流冷笑话般的斗嘴，虽然无聊，但我们自以为那游戏在全世界的沙龙都不曾出现过，是非常风雅的游戏，因此颇为得意。

当时我还发明了一个类似这个的游戏，那便是——反义词的游戏。比方说黑的相反是白，但白的相反是红，红的相反是黑。

"花的相反是？"

我问，堀木撇嘴思考。

"呃，有家餐馆叫作花月，所以是月。"

"错，那样不构成反义词。反倒是同义词，就像星星与紫罗兰[1]，不也是同义词吗？那不是反义词。"

"好吧，那就……蜜蜂！"

"蜜蜂？"

"牡丹对……蚂蚁？"

"搞什么，那是画题。你不要打马虎眼。"

"那我知道了！花对云……"

"应该是月对云吧？"

---

1 星星与紫罗兰：天上的星星与地上的紫罗兰，是指爱与热情。这是明治时期浪漫主义、明星派诗人惯用的口号。

"对对对。花对风[1]。是风。花的反义词是风。"

"不妥吧，那是浪花曲[2]的歌词。从说话就看得出出身不好哟。"

"不然就是琵琶。"

"那更不对了，花的反义词啊……应该要举出这世上最不像花的东西才对。"

"所以说，呃……等一下，搞什么，原来是女人啊？"

"顺便再问，女人的同义词是？"

"内脏。"

"看来你真的不懂诗……那么，内脏的反义词呢？"

"牛奶。"

1　花对风：月对云、花对风是一组对句。意指好事之后有坏事发生。
2　浪花曲：日本的一种说唱艺术，由一个人说唱，以三味线来伴奏，明治、昭和时代广受百姓欢迎。

"这倒有点儿意思，继续保持，我再问一个。羞耻的反义词？"

"不知羞耻。流行漫画家上司几太。"

"堀木正雄呢？"

到此我俩已渐渐笑不出来，喝烧酒喝醉后特有的阴郁涌现心头，宛如玻璃碎片充斥脑袋。

"你神气什么啊？我还没像你一样受过被警察五花大绑的耻辱呢。"

我赫然一惊。堀木心里原来并没有把我当成真正的人看待，我只是个寻死不成、不知羞耻的愚蠢怪物。说穿了，他只当我是"行尸走肉"，而且，为了他自己的快乐，能利用我就尽量利用，只不过是这样的"交友"罢了。想到这里，我自然没有好心情，但是，堀木会这样看待我，也是理所当然，我从小就好像没资格当人，换个念头想想，就算被堀木轻蔑或许也是应该的。

"罪！罪的反义词是什么？这题很难哟。"

我装出不当回事的表情说道。

"是法律。"

堀木坦然回答，我不禁重新审视堀木的脸孔。在附近大楼闪烁的霓虹灯管红光照耀下，他的脸孔看似魔鬼刑警般威严。我目瞪口呆。

"所谓的罪，应该不是指那种东西吧？"

他竟然说罪的反义词是法律！不过，世间的人或许全都想得那么简单，心无旁骛地过日子。他们以为刑警不在的地方才有罪恶蠢动。

"不然你说是什么？神吗？我看你好像有点儿耶稣教的味道。那是很讨人厌的味道哟。"

"你不要那么轻易做结论。我俩再一起好好想想。这不也是有趣的题目吗？只要看某人对这个题目的回答，好像便可知道那个人的全部。"

"怎么可能。……罪的相反，是善。善良的市民。换言之，就是像我这样的人。"

"别开玩笑了！不过，善是恶的相反。不是罪的相反。"

"恶与罪不一样吗？"

"我认为不一样。善恶的概念是人制造出来的。是人自行创造的道德字汇。"

"真啰唆。那么，答案应该还是神吧。神，神。不管什么东西，只要回答神就不会错。我肚子饿了。"

"良子现在正在楼下煮蚕豆。"

"太好了。我爱吃那个。"

我将双手在脑后交叉，仰面躺下。

"你好像对罪这种东西毫无兴趣。"

"那当然，因为我不像你那样是罪人。我虽然爱玩，但我可没有害死女人，也没有卷走女人的钱。"

不是我害死的，我也没有卷走女人的钱！虽然内心某处微微冒出拼命抗议的声音，但是，再一次地，我立刻又犯了老毛病来转念暗想：不，的确是自己的错。

我就是没办法理直气壮地替自己辩解，烧酒那阴郁的醉意，令心情越来越坏，但我拼命压抑，几乎像是自言自语地说：

"可是，并非只有关进牢里才叫作罪。如果知道罪的相反是什么，应该便可掌握罪的实体了。神？救赎？爱？光明？但是，神有撒旦这个相反词，救赎的相反想必是苦恼，爱的相反是恨，光明的相反是黑暗，善对恶，罪与祈祷，罪与忏悔，罪与告白，罪与……唉，那些都是同义词，罪的反义词究竟是什么？"

"罪的反义词是蜜。像蜜一样甜。我肚子饿了。你快去拿点儿吃的来。"

"你不会自己去拿？"

几乎是有生以来头一遭，我发出暴怒的吼声。

"好，那我就去楼下，与良子一同犯罪吧。纸上谈兵不如实际检测。罪的相反，是蜜豆，不，是蚕豆吗？"

他已醉得几乎口齿不清。

"随便你。爱去哪儿就去哪儿！"

"罪与饥饿，饥饿与蚕豆，这是同义词吧。"

他一边胡言乱语一边起身。

《罪与罚》[1]。陀思妥耶夫斯基。那个名字，倏然闪过脑海一隅，我忽然惊觉。说不定，那位陀氏，没把罪与罚当成同义词，而是当成反义词并列？罪与罚，绝对不相通，就像水火不容。把罪与罚视为反义词的陀氏笔下的绿藻、

---

1 《罪与罚》：俄国作家陀思妥耶夫斯基创作的长篇小说，也是其代表作。小说描写穷大学生拉斯柯尔尼科夫受无政府主义思想毒害，认为自己可以为所欲为。为生计所迫，他杀死放高利贷的老太婆阿廖娜和她的无辜妹妹丽扎韦塔，制造了一起震惊全俄的凶杀案。

腐臭的水池、一团乱麻的最底层……啊，我快要懂了，不，还没……就在思绪如走马灯转个不停时……

"喂！要命，蚕豆出事了。你快来！"

堀木的声音与脸色都变了。他刚刚才摇摇晃晃起身离开，结果立刻又跑回来了。

"干吗？"

我俩杀气腾腾地从楼顶冲下二楼，从二楼又继续往楼下的房间跑时，堀木在楼梯上驻足。

"你看！"

他小声指给我看。

我的房间上方有一个小窗，从那里可以看见室内。室内开着灯，里头有两只"动物"。

我头晕眼花，一边剧烈呼吸一边在心里低语：这也是人的一种面貌，这也是人的一种面貌，没啥好大惊小怪的……我甚至忘记去救良子，就这么站在楼梯上呆掉了。

堀木大声咳嗽。我一个人像逃命似的又跑到楼顶躺下，仰望饱含水汽的夏日夜空，当时袭击自己的感情，不是愤怒，不是厌恶，同时，也不是悲哀，是非常强烈的恐惧。而且不是对墓地的鬼魂那种恐惧，是在神社的杉林中遇到穿白衣的神灵化身时，或许会感到的那种不容分说的、远古的暴虐恐惧感。我的少年白头，就是始自当晚，我逐渐对一切失去自信，逐渐无止境怀疑他人，永远远离对这人世生活的一切期待、喜悦、共鸣。其实，那在我的一生中，是最关键性的事件。我仿佛被人当头划破眉心，从此之后，那道伤口，无论接近任何人都会刺痛。

"我很同情你，但是这下子你应该也多少学到教训了吧！我不会再来这里了，这儿简直是地狱……不过，你要原谅良子。因为你自己也不是什么好东西，我走了。"

堀木可没有笨到会在尴尬的场合逗留太久。

我爬起来，独自喝烧酒，然后，我放声大哭。哭了又哭，哭了又哭。

不知几时，良子端着装满成堆蚕豆的盘子，茫然站在我背后。

"他说不会对我怎样……"

"够了。别说了。你天生就不懂得怀疑人。坐吧。吃豆子。"

我们并肩坐着吃蚕豆。唉，信赖也是一种罪吗？对方是年约三十、不学无术的矮小商人，每次来找我画漫画总是装腔作势地丢下一点儿稿费。

那个商人之后果然没再来过，但对我而言，不知何故，比起对商人的憎恨，起初发现时没有立刻大声咳嗽或采取行动，就这样转身回楼顶通知我的堀木更令我愤恨，气得我在失眠的夜里坐起来呻吟。

没什么原不原谅可言。良子是信赖的天才。她从来不懂得怀疑人。但是，因此才悲惨。

我要问神，信赖也是一种罪吗？

比起良子遭人玷污，良子对人的信赖遭到玷污，才是我日后几乎活不下去的苦恼根源。对于像我这样整天畏畏缩缩只顾着看别人的脸色、相信他人的能力早已龟裂的人而言，良子纯洁无瑕的信赖心，就像青叶瀑布一样清新。结果一夜之间，那竟然变成黄色污水。看吧，良子自那夜起，甚至开始在意我的一颦一笑。

"喂！"

只要我这么一喊，她就浑身哆嗦，不知该把眼睛往哪里放。即便我努力逗她发笑，插科打诨，她还是战战兢兢，畏畏缩缩，动不动就对我使用敬语。

到头来，纯洁无瑕的信赖心，就是罪的源泉吗？

我找了很多有夫之妇被侵犯的故事书来看。但是，我想恐怕没有一个女人像良子那样悲惨地遭到侵犯。毕竟，这根本无法成为故事。那个矮子商人与良子之间，若有一点点近似恋爱的感情，或许我心里反而会觉得好过一点，但是，夏季的一夜，良子付出了信赖，然后，仅止于此，而我的眉心也因此从正中间划出深刻痕迹，声音嘶哑，少年白头，良子终其一生不得不畏畏缩缩。一般故事，好像都把重点放在丈夫是否原谅妻子的"行为"，但那对我而言，并不是值得苦恼的大问题。我甚至在想，保留原谅与否那种权利的丈夫或许才是幸福的。如果真的觉得绝对不能原谅妻子，根本用不着闹那么大，直接与妻子离婚再娶一个就好了，假使做不到，就用所谓的"原谅"
忍下这口气，反正不管怎样全凭丈夫的一念之间便可圆满
收场。换言之，像那种事件，对丈夫而言的确是很大的打
击，但是，那也只是一场"打击"，和总是日复一日来来
去去的海浪不同，在我看来那是有权利的丈夫凭着那股怒
气怎样都可以处理的纠纷。然而，我们的情况不同，我身
为丈夫毫无权利，仔细想想甚至好像一切都是自己的错，
别说是愤怒了，我连一句抱怨也不能说；而做妻子的，也
是因为她具有的罕见美德才会遭到侵犯。而且那种美德，
是丈夫之前就一直憧憬的纯洁无瑕的信赖心，令人万分
怜惜。

纯洁无瑕的信赖心是一种罪吗？

就连对原本唯一指望的美德，都开始产生疑问，我
已经什么都不明白了，我能投靠的，唯有酒精。我的面部
表情变得极端猥琐，从早上就开始喝烧酒，牙齿纷纷掉
落，也开始画近似色情画的漫画。不，我就老实说吧。从
那时起，我私下贩卖春宫画的仿作，因为我需要钱买烧酒。
看到每次都不敢正眼看我缩头缩脑的良子，我就会心生怀
疑：这丫头是个完全不知戒备的女人，所以她和那个商人

该不会不止一次了吧？那她和堀木呢？不，说不定还有我不认识的其他对象？但我又没有勇气豁出去质问她，那种不安与恐惧几乎令我痛苦得满地打滚，只有喝烧酒灌醉自己后，我才敢战战兢兢地稍微旁敲侧击试着套话，内心可笑地一喜一忧，表面上，却格外要宝，之后，再对良子做出悲惨地狱式的爱抚，这才沉睡如泥。

那年年底，我在深夜烂醉返家，想喝糖水，但良子好像已经睡了，我就自己去厨房找糖罐，打开盖子一看，里面没有砂糖，只放了一个黑色细长的小纸盒。我随手拿起，看到盒子上的标签不禁愕然。那个标签已被指甲抠掉一大半，但是洋文的部分还在，那上面写得清清楚楚：DIAL。

DIAL。当时我都是喝烧酒，没有使用安眠药，但是失眠已成了我的老毛病，所以一般安眠药我都很熟悉。这样一盒 DIAL 安眠药，我记得应该已超过致命量。盒子还没拆封，不过，肯定是迟早打算动手才会藏在这种地方，而且还特地把标签撕掉。真可怜，那丫头看不懂标签的洋文，所以只用指甲抠掉一半，大概以为这样就没问题了。（这不是你的错。）

我尽量不发出声响，悄悄在杯中装满水，再缓缓拆开盒子，一口气全部倒进口中，慢条斯理地喝光杯中的水，然后关灯就寝。

之后那三天三夜，据说我就像死了一样。医生好像以为是误服过量，所以犹豫着没有报警。在我快要清醒时，首先喃喃嘟嘟嘟的呓语，据说是"我要回家"。这个"家"指的是哪里，连我自己都不太清楚，总之听说我讲出那句话后就大哭不止。

雾气逐渐散去，一眼望去，"比目鱼"很不高兴地坐在枕畔。

"上次也是年底发生的，彼此都已忙得晕头转向了，每次偏偏还要挑年底最忙的时候搞出这种事，我这条老命可撑不住。"

正在听"比目鱼"说话的，是京桥那间酒吧的老板娘。

"老板娘。"

我喊道。

"嗯，怎么？你醒了？"

老板娘的笑脸遮在我脸孔上方说。

我不停落泪。

"让我与良子分手吧。"

自己也没想到的话语竟然脱口而出。

老板娘直起身子，微微叹息。

之后我做出了意想不到，不知该说是滑稽还是愚蠢的失言。

"我要去没有女人的地方。"

先是"比目鱼"哈哈地放声大笑，接着老板娘也吃吃地笑，我流着眼泪也不禁面红耳赤，报以苦笑。

"嗯，那样最好。"

"比目鱼"没完没了地笑个不停，

"去没有女人的地方最好，有女人在，绝对没好事。

去没女人的地方，这倒是好主意。"

没有女人的地方。然而，自己这种愚蠢的呓语，日后，非常悲惨地实现了。

良子好像认定我是代替她服毒，对我的态度比以前更加畏缩，不管我说什么她都不笑，而且也难得开口说话，因此我也不想待在公寓，便忍不住外出，照旧猛灌廉价烈酒。不过，自从安眠药事件以来，我的身体日渐瘦削，手脚无力，漫画的工作也懒得做，当时，"比目鱼"来探视时留下的钱（"比目鱼"说那是"涩田的一点儿心意"，好像是他自掏腰包拿钱给我一样，但那应该也是家乡的哥哥们给的钱。此时，我已和当初逃离"比目鱼"家的时候不同，可以隐约看穿"比目鱼"那种装模作样的演技了，所以我也很滑头地假装完全没察觉，还郑重为那笔钱向"比目鱼"道谢，但是，"比目鱼"他们为何非要这样迂回地故弄玄虚，我似懂非懂，总之让我感到心情很怪异）。我用那笔钱鼓起勇气一个人去了南伊豆的温泉，但我的个性实在无法那样悠长地四处泡温泉，想到良子我就无限心酸，实在没有从旅馆房间眺望山景的平静心绪，我连旅馆提供的棉袍也没换，也没去泡温泉，冲出门就一头撞进一家看似破旧茶店的地方，叫了烧酒就开始牛饮，只不过是把身体搞得更差就回东京了。

那是东京下大雪的夜晚。我醉醺醺地走在银座后巷，翻来覆去地低声吟唱"此地离乡几百里，此地离乡几百里……"[1]，一边拿鞋尖踢着下个不停的雪花。突然间，我吐了。那是我第一次吐血。雪地上出现大大的太阳旗。我蹲了一会儿，然后，双手捧起没被弄脏的雪，一边洗脸一边哭泣。

此地是何处的小路？

此地是何处的小路？

哀婉的童女歌声宛如幻听，缥缈自远方传来。不幸。这世上，有各种不幸的人，不，就算说全都是不幸的人

1　此地离乡几百里：日俄战争时流行的军歌《战友》的歌词。真下飞泉作词，三善和气作曲。

亦不为过吧，但是，那些人的不幸，可以对世间公然抗议，而"世间"也很容易理解那些人的抗议报以同情。然而，我的不幸，全都是因我的罪恶而起，我无从向任何人抗议，况且就算我结结巴巴刚开口讲一句略带抗议的话，哪怕不是"比目鱼"，世间众人肯定也会目瞪口呆地心想亏你开得了那种口，我到底是俗称的"任性妄为"，抑或相反是太软弱，我自己也不明白，总之我似乎浑身充满罪恶，只会不断招来更多不幸却毫无具体的防堵方法。

我站起来，决定先随便买点药再说。走进附近的药房，与那家老板娘打照面，霎时之间，老板娘像被闪光灯照到那般抬头瞪眼，呆立原地。不过，她瞪大的眼中，没有惊愕或嫌恶，倒是流露出似求救、似仰慕的神色。唉，这个女人肯定也是不幸的人，因为不幸的人对别人的不幸也特别敏感。正当我这么暗想时，蓦然间，我发现那个老板娘拄着拐杖颤巍巍地站立。我压抑很想跑过去的冲动，继续与那老板娘互看，最后竟落泪了。于是，老板娘的大眼睛也滚滚掉下泪珠。

就此，我一句话也没说，走出那间药房，踉跄回到公寓，让良子替我调了一杯盐水喝下，默默就寝，隔天也谎称有点儿感冒整天躺着，晚间，我的秘密咯血令我非常不安，起床去那间药房，这次我笑着对老板娘非常诚实地说出自己到目前为止的身体状况，找她商量。

"你得戒酒才行。"

我们亲密如家人。

"说不定已酒精中毒。我现在就想喝。"

"那不行。我先生也有肺结核的毛病，却宣称酒精可以杀菌，整天喝酒，自己缩短了寿命。"

"我很不安，我害怕，我真的不行了。"

"我拿药给你。但是唯独酒，还是得戒掉。"

老板娘（她是寡妇，有个儿子，本来就读千叶[1]还是哪里的医大，不久便罹患与父亲同样的疾病，只好休学住院，家里还躺着中风的公公，老板娘自己在五岁时罹患小

1　千叶：日本三大都市圈之一东京都市圈的重要城市，日本本州东南部重要工业港市，千叶县首府。

儿麻痹，有一只脚完全废了）喀喀地撑着拐杖，替我四处从架子与抽屉取来种种药品。

这个，是造血剂。

这是维生素的注射液。针筒在这里。

这是钙片。为了避免弄坏肠胃，这是健胃消化剂。

这是某某。这是某某。她满怀关爱地说明了五六种药品，但是，这位不幸的老板娘的关爱，对我来说还是太沉重。最后老板娘说，这是真的很想喝酒、非喝不可、实在忍不住时吃的药。她迅速给我一个包着纸的小盒子。

那是吗啡的注射液[1]。

老板娘说那个不像酒的害处那么大，我相信了，况且，我正感到喝醉之后丑态百出很肮脏，再加上终于能够摆脱酒精这个撒旦的喜悦，于是我毫不犹豫地拿起针筒把那吗啡注入手臂。不安、焦躁、羞涩，全都消失得干干净

1　吗啡的注射液：一般指盐酸吗啡注射液。一种强效镇痛药，适用于其他镇痛药无效的急性锐痛。

净，我变得非常开朗又雄辩滔滔。而且，注射那个后，我也能忘记身体的衰弱，专心投入漫画的工作，边画边产生源源不断的奇思妙想。

本来打算一天注射一瓶，之后变成两瓶，等到变成四瓶时，我已经变成不靠那个就不能工作了。

"不得了，万一中毒成瘾，那就真的糟了。"

被药房老板娘这么一说，我也感到自己好像的确已严重中毒（我的个性本就非常容易受人暗示。只要人家说"就算告诉你这笔钱不能花，以你的作风肯定不会听"，我就会产生一种怪异的错觉，好像不花钱就对不起别人的期待，于是一定会立刻花掉那笔钱），害怕染上毒瘾的不安，反而促使我买下大量药品。

"拜托！再给我一盒。月底我一定会付清。"

"钱是小事，随时给都没关系，但警察那边查得很严。"

唉，我的周遭总是有某种混浊阴暗、见不了光的可疑气息缠绕不去。

"拜托你帮帮忙掩饰过去，我求你了，老板娘。我可以亲吻你。"

老板娘一听，脸都红了。

我再加把劲儿。

"没有药的话我完全无法工作，那对我来说就像是壮阳药。"

"那你干脆注射激素不是更好？"

"别傻了。只能靠酒，再不然，就是那种药，否则我无法工作。"

"酒不行。"

"对吧？我啊，自从使用那种药之后，一滴酒也没喝过。多亏有它，我身体的状况变得非常好。我当然也不想一直画那种三流漫画。今后我要戒酒，养好身体，好好用功，将来一定要变成伟大的画家给你看。现在正是紧要关头。所以拜托啦，真要我吻你吗？"

老板娘笑出来。

"真拿你没办法。上瘾了我可不管哟。"

她拄着拐杖喀喀地发出声音，从架上取出那种药品。

"我不能给你一整盒。你一定会立刻用光。只能给一半。"

"真小气，算了，没办法。"

回到家，我立刻打了一针。

"不痛吗？"

良子惶恐地问我。

"那当然很痛。可是，为了提高工作效率，就算不情愿也得打这玩意儿。最近，你看我精神很好吧？好了，我要工作了。工作！工作！"

我很亢奋。

也曾深夜去敲药房的门。老板娘穿着睡衣，拄着拐杖喀喀地出来，我二话不说就抱着她亲吻，假装哭泣。

老板娘默默交给我一盒药。

药品也与烧酒一样，不，比烧酒更可恨更肮脏，等我深深明白这点时，我已完全染上毒瘾了。真是不知羞耻到极点。我一心只想得到那种药品，又开始仿作春宫画，甚至与药房那个残障的老板娘发生名副其实的丑陋关系。

　　好想死，干脆死掉算了，一切已无法挽救了，不管做什么事，不管怎么做，都只会失败，只会耻上加耻。骑脚踏车去什么青叶瀑布，根本不是我该奢望的，那只会在污秽的罪上添加下流的罪，让苦恼变得更大更强烈而已，好想死，非死不可，活着就是罪的泉源。即便这么钻牛角尖，我还是半狂乱地在公寓与药房之间一再往返。

　　即使做再多的工作，药物的使用量也随之增加，因此欠的药钱已累积到可怕的金额，老板娘每次见到我就浮现泪花，我也跟着落泪。

　　地狱。

　　若要逃离这地狱只剩最后的手段，如果这招也失败了，就只能上吊了。抱着这种几近赌上神存在与否的决心，我给故乡的父亲写了一封长信，把我的全部实情（但女人的事终究不敢写）和盘托出。

然而，结果只变得更糟，我等了又等也没等到任何回音，反因那种焦躁与不安，增加了用药量。

就在我暗自下定决心，今晚要一口气注射十针然后跳进大河的当天下午，"比目鱼"好似凭恶魔的直觉嗅到异样，带着堀木出现了。

"听说你咯血是吗？"

堀木盘腿坐在我面前说，他前所未有地对我温柔微笑。那温柔的微笑，令我感激又欣喜，我忍不住撇开脸落泪。只因他的一个温柔微笑，我就被完全打垮，彻底葬送。

我被送上汽车，"比目鱼"以平心静气的口吻（那是我甚至想用慈悲来形容的平静口吻）劝我："总之你必须立刻住院，剩下的交给我们处理就好。"我就像毫无意志与判断力的人，只是哭哭啼啼、唯唯诺诺听从他们两个的谈话。再加上良子，我们四人坐汽车长途跋涉，等到四周天色微暗时，终于抵达森林里某间大医院的玄关。

我还以为是疗养院。

我接受了年轻医师格外委婉、郑重的诊察，然后医师简直像是害羞般微笑说：

"哎，暂时得在这里静养哟。"

"比目鱼"、堀木和良子，把我一个人留下就要离开，但良子把装有换洗衣物的包袱交给我，接着又默默从腰带取出针筒和剩下的那种药品。她果然一直以为那是壮阳药吗？

"不，已经不需要了。"

这实在很稀奇，我竟然拒绝了别人的建议，在我过往人生中堪称仅有那么一次也不为过。我的不幸，是没有拒绝能力者的不幸。我一直害怕自己如果拒绝别人的提议，会在对方与自己的心上留下永远无法修复的明显裂痕。但是，那一刻，我很自然拒绝了曾经如此狂乱渴求的吗啡。或许是被良子那种"近似于神的无知"打动吧。在那一瞬间，或许我已不再有毒瘾了。

然而，我立刻被那害羞微笑的年轻医师带去某栋病房大楼，之后被咔嚓上锁。那是精神病院。

之前服用安眠药时，我说要去没有女人之处的愚蠢呓语，竟然奇妙地实现了。那座病房大楼，全是男疯子，看护也是男的，没有一个女人。

现在，我已不只是罪人，更是疯子。不，我绝对没有疯。哪怕只是一瞬间我也没有发疯。然而，啊，据说疯子多半会说自己没有疯。换言之，被送进这间医院的人是疯子，没被送进来的人好像才是所谓的正常人。

我要问神。不抵抗也是一种罪吗？

堀木那不可思议的美丽微笑令我哭泣，忘了判断也忘了抵抗就这么坐上汽车，然后被带来这里，变成疯子。现在，就算我可以离开这里，疯子，不，废人的记号想必也已烙印在额上了。

我失去做人的资格。

我已不再完全是人。

来到这里时是初夏，从铁栏杆窗子可以看见医院庭园的小池塘开了红色的睡莲。过了三个月，庭园开始绽放波斯菊，故乡的大哥意外带着"比目鱼"来接我出去，他照例以那一丝不苟的紧绷口吻说："父亲在上个月月底已因胃溃疡过世，我们不打算再追究你的过去，也不会让你操心生活，你什么都不用做，相对的，虽然想必还有种种留恋，但你必须立刻离开东京，去乡下过疗养生活。你在东京闯的祸，涩田应该已大致能善后，所以那方面你不用在意。"

故乡的山河似在眼前，我微微点头。

我真的成了废人。

得知父亲过世后，我越发失魂落魄。父亲不在了，那个从不曾有片刻离开我心中、令我怀念又可怕的人，已经不在了。我觉得盛装自己苦恼的坛子顿时变得空空如也，甚至怀疑以往那个坛子之所以异样沉重，或许也是父亲的关系。我好像一下子泄了气，连苦恼的能力也已丧失。

大哥正确执行对我的约定，在距离我生长的小镇搭火车约需四五个小时的南方，有个东北罕见的温暖海滨温泉区。长兄就在那个村郊，买了一座虽有五个房间但是相当老旧、墙壁已剥落、柱子也被虫蛀得几乎无从修理的茅屋给我，还附赠一个年近六十、长得很丑的红发女佣。

之后过了三年多，其间，我数度被那个名叫阿铁的老女佣以古怪的方式冒犯，偶尔也开始像夫妻一样吵架。我的肺病时好时坏，忽胖忽瘦，不时还会咯血。昨日，我叫阿铁替我跑腿，去村子的药房买卡莫汀，结果她买回来的卡莫汀与以往的包装盒不同，我当时也没在意，但睡前吃了十颗还是毫无睡意。本来还觉得奇怪，后来肚子就不对劲了，我急忙冲进厕所，结果严重拉肚子。而且，之后又接连跑了三次厕所。我再也按捺不住怀疑，仔细一看药盒，那原来是叫作海莫汀的泻药。

我仰面躺下，把热水袋放在肚子上，一边盘算要好好向阿铁抱怨。

"你看看，这根本不是卡莫汀。这是海莫汀。"

说到一半，我忍不住呵呵笑了起来。这下子"废人"好像是喜剧名词。想睡觉结果吃了泻药，而且，那种泻药正好叫作海莫汀。

现在的我，没有幸福或不幸可言。

只不过，一切都会过去。

在我至今都痛苦哀号如在地狱的"人间"世界，唯一看似真理的，仅有那个。

只不过，一切都会过去。

我今年二十七岁。头上添了不少白发，因此在一般人眼里，都以为我已年过四十。

后　记

写这篇手记的疯子，我其实不认识。不过，貌似这篇手记里出现的那位京桥小酒吧老板娘的人物，我倒是略有所知。她的身材娇小，脸色欠佳，眼睛细细吊起，鼻子高挺，与其称为美女，更适合称为美男子，给人的感觉有点儿强硬。在这篇手记中，似乎主要是在描写昭和五、六、七年时的东京风景，但我被友人带着去过两三次那间京桥的小酒吧喝威士忌苏打，是在日本"军部"终于开始露骨嚣张的昭和十年左右，所以写这篇手记的男人，我并无机会目睹。

就在今年二月，我造访疏散至千叶县船桥市的友人。那位友人，算是我大学时代的同学，目前在某女子大学担任讲师，其实我曾委托这位友人撮合我家亲戚的婚事，所以这次就是为了那件事，另外也想顺便买点新鲜的海产给家人吃，于是背着背包前往船桥市。

船桥市是个面临泥海的大城市。友人才搬来不久，即便我向当地人询问他家的地址，也问不出什么所以然。天气寒冷，再加上扛着背包的肩膀很痛，我在小提琴唱片的乐声吸引下，推开某间咖啡店的门。

　　那间店的老板娘很眼熟，一问之下，竟是十年前京桥那间小酒吧的老板娘。她好像也立刻想起我是谁，彼此夸张地惊呼，大笑，然后一如这种时候必然会出现的情形，不等对方问起就主动自豪地谈起那场空袭时逃难出来的经历。

　　"不过，你倒是一点儿也没变。"

　　"哪里的话，我已经是老太婆，身体都不听使唤了。哪像你，还这么年轻。"

　　"没那回事。家里小孩儿都三个了。今天就是为了他们出来买东西。"

　　诸如此类，这同样也是久别重逢者必然会有的寒暄，然后，我俩互相询问共同的友人近来的消息。在聊天过程中，老板娘忽然语气一变，问我是否认识小叶。我回答不

认识，老板娘走到店内深处，取来三本笔记本以及三张照片交给我，

"或许可以当作小说的材料。"

她说。

我向来无法写别人硬塞来的材料，所以本来想当场退还给她，但照片吸引了我（关于那三张照片的古怪，我已在前言提到），我决定暂时先收下笔记本，我说回程还会再经过这里，问她是否知道某区某巷某某户在女子大学当老师的人。她果然认识，因为大家都是新搬来的。据说我那位友人偶尔会来这间咖啡店，住处就离这里不远。

那晚，我与友人喝了一点儿小酒，我留在他家过夜，彻夜未眠，埋头阅读那几本笔记。

手记里写的，虽然是陈年旧事，但就算是现代人看了肯定也会极感兴趣。与其由我拙劣地改写，不如直接交给哪家杂志社发表，我想会更有意义。

带给孩子们的海产，只有干货。我背着背包离开友人家，又顺路去了那家咖啡店。

"昨天谢谢你。对了……"

我立刻道出正题,

"这笔记本,可以暂时借给我吗?"

"好啊,请便。"

"这个人,现在还活着吗?"

"这个嘛,我也不知道。大约十年前,那几本笔记与照片寄到我京桥的店里,寄件人肯定是小叶,但那包裹上连小叶的住址和姓名都没写。空袭时,糊里糊涂地夹在其他行李中,而且不可思议地保存下来了,前不久,我才第一次全部看完……"

"看完你哭了吗?"

"没有,与其哭泣……没用吧,人变成那种地步,已经没救了。"

"算来已过了十年,他说不定过世了,大概是为了向你致谢才寄给你。虽然有些地方写得有点儿夸张,不过看来你也被他严重拖累。如果这里面写的都是事实，而且我是这个人的朋友的话，说不定我也会起意送他去精神病院。"

"都是那个人的父亲不好。"

她不当回事地说。

"我们认识的小叶，非常诚实，很贴心，他如果不喝酒，不，就算喝了酒……也是个像神一样的好孩子。"

附　　录

三岛由纪夫谈太宰治

[日]三岛由纪夫 / 文　钟小源 / 译

时间或许约莫就在这前后吧，我和太宰治有了短暂的会面，无疑，这是必须记录下来的事情。

尽管我在战争期间交友并不广泛，但在战后我也有几个文学领域的朋友。

当时我的头衔是"在《人间》杂志上写小说的三岛"。这样的头衔让我很容易能成为一个自由奔放的文学家，但胆小的我连这也做不到。我年少时所师事的川路柳虹先生的儿子川路明，现在已成为松尾芭蕾舞团的领军人物，同时也是一个好胜心强、爱炫耀的青年诗人；现在社会党的麻生良方是眉清目秀的不良少年，同时也曾发表诗集《黑蔷薇》；剧作家矢代静一则是太宰治的狂热粉丝，也是最早向我推荐太宰治的人。此外，还有丰满的 30 岁的女诗人，以及各种不可思议的人物等。只是由于我所有的伟大梦想在战争时期都已消散，以至于觉得眼前的真实都只能感到悲惨，虽然我正处于青春年华，却没有洋溢青春朝气。

太宰治是在 1946 年 11 月，也就是战争结束后的第二年来到东京的，他发表了很多著名的短篇之后，从 1947 年夏天起开始在《新潮》杂志上连载《斜阳》。在这之前，我只在旧书店里找过他的《虚构的彷徨》，读了他的三部曲和《青年的奇态》等。但对我来说，阅读太宰治的作品，也许是我最糟糕的选择。他那些自我戏剧化的描写是我生来最讨厌的东西，作品中所散发的文坛意识和类似负笈上京的乡下青年的野心，令我难以接受。

当然，我承认他那罕见的才华，但他也是我从未有过的、从一开始就在生理上反感的作家。也许是因为我的爱憎因素，也许是因为他是一个故意把我最想隐蔽的部分暴露出来的作家的缘故。因此，在许多文艺青年为在其作品中发现自己的肖像而兴奋不已时，我却慌忙地背转脸去。直到如今，我仍持有一种都市长大的人的固执偏见，哪怕遇到一丝一毫使我感到是"负笈上京的乡下青年的野心"的气息，我就不能不捂住鼻子。在其后出现的许多乍看像"都会派"的时髦新进作家中，我也同样无法忍受他们散发的那种臭气。

我周围的青年们之间，"太宰热"越来越高涨，至《斜阳》发表时达到了顶点。为此我越发固执，终于公开表示我讨厌太宰治的作品。

《斜阳》发表时，社会和文坛为之轰动，这大概是因为当时没有电视，也缺乏娱乐活动，所以文学性的事件容易引来大众的关注吧。如果是在今天，像这样全社会性的文学狂热是无法想象的。比起当时来，现在的读者太过冷静自持了。

我也立即阅读了《斜阳》，可读了第一章就读不下去。作品中的贵族，当然是作者的寓意，即使不是现实生活中的贵族，但既然是小说，里边多少有"像是真实的"地方。但在我看来，其中不论是语言，还是生活习惯，与我所知的旧贵族阶级竟天差地别。仅此就足以使我厌烦了。比如，书中贵族的女儿管厨房叫"炊事房"，"母亲的用餐方式"必须叫"母亲大人的进膳法"。还有，认为母亲本人凡事都要使用敬语，连自称都使用敬语："和子，你猜猜母亲大人此刻在干什么呀？"

而且，他在书中还描写了在院子里站着小便。

凡此总总，使得我对太宰治文学的批判更加激烈。因此，朋友们就觉得让我会见太宰治会是件有趣的事。矢代静一和他的朋友就经常出入太宰治的住所，他们随时可以带我去。

至今，我已记不清我是在哪个季节造访太宰治的，只记得是在《斜阳》连载结束之时，大概是秋季吧。带我去的可能是矢代静一及其文学同好、后来早逝的原田吧，这我都记不太清楚了。那时我好像是穿着碎白道花纹的和服，而我平日是不穿和服的，之所以如此打扮，是因为我觉得与太宰治会面是件盛事。夸张些说，我当时的心情宛如怀揣着匕首出门的恐怖分子。

太宰治的住处好像是在一家鳗鱼铺的二楼，我登上昏暗的楼梯，一打开拉门，只见在昏暗的电灯下，6 坪左右宽的房间里已经座满了人。或许那时电灯很明亮，可是在我的记忆里，一回想起战后时期的"赞美绝望"的氛围，我总会觉得铺席必须是起着毛边的，电灯必须是昏暗的。

太宰治和龟井一郎并排坐在上座，其他青年则落座在房间四周。在朋友的介绍下，我寒暄了几句，旋即被请到太宰治跟前的座席上，并得到了一杯酒。我感到笼罩着一种温煦的气氛，犹如互相信任的神甫和信徒一般，大家对他的每一句话都很感动，并且颇为默契地分享着这种感动，尔后等待着下一个启示。这虽说可能也含有我先入为主的偏见因素，不过场内也千真万确地荡漾着非常甜美的气氛。简单来说，那种"甜美"的气氛，与现在的年轻人那种撒娇法又不同，是那个时代特有的、令人感动的、哀婉动人的、充满了自己代表着时代的自负，那种隐约灰暗伤感的、也即典型的"太宰式"的情调。

在来的路上，我本打算趁机把自己想说的话说出来，否则我此行便没有任何意义，自己也就因此而丧失了在文学上的立足之地。

但惭愧的是，我竟是以笨拙的、拖泥带水的口气说出来的。也就是说，我当着太宰治的面这样说道：

"我不喜欢太宰先生的文学作品。"

那一瞬间，太宰治忽地凝视着我，微微地动了动身子，露出了仿佛被人捅了一下的表情。不过，他又立即稍稍倾斜向龟井那边，自言自语般地说：

"你尽管这样说，可你还是来了，所以你其实还是喜欢的嘛。对不对？你其实还是喜欢的呀！"

就这样，我有关太宰治的记忆到此为止了。这或许也与我很不好意思地就此匆匆告辞有关吧。就这样，太宰治的面孔从那战后的黑暗深处突然呈现在我的眼前，尔后又完全消失了。他那张沮丧的、犹如受难基督一样的、"典型的"面孔，从此消失在我面前，再没有出现。

如今，我也到了当时太宰治一样的年龄，渐渐体会到他当时被初次见面的青年批评"我不喜欢你的作品"时的心情了，因为我也曾遇到过几回这样的情景。

我曾在意想不到的地点、意想不到的时间，遇到一个不认识的青年走来，他歪着嘴笑着，神色因紧张而苍白。为了不失去证明自己的诚实的机会，他突然对我说出了这么一句话："我不喜欢你的作品，最讨厌你的作品。"遇上这种文学上的刺客，仿佛是文学家的宿命。坦白来说，我不喜欢这样的青年，也不宽恕这种不成熟的行为。我以大人的微笑避开了，装着没听见的样子。

只是我终究与太宰治不同，或者确切地说，我们两人的文学不同。我决不会说："可你还是来了，所以你其实还是喜欢的嘛。"

山崎富荣简介

山崎富荣
1919—1948

山崎富荣出生于东京市，父亲是日本首家美容学校的创办人。山崎富荣是家中次女。

她在父亲的美容学校长大，之后分别在锦秋高等女校、京华高等女校学习，毕业后进入基督教女青年会学习《圣经》、英语和戏剧等，并曾在庆应义塾大学旁听。

1944 年 12 月 9 日，她与三井物产的员工奥名修一结婚。婚后十天，奥名修一被派往马尼拉，并在当地应征入伍，而后下落不明。

1946 年春天，山崎富荣与嫂嫂在镰仓市开了一家美容院，后搬至东京三鹰。1947 年 3 月 27 日晚上，在一家乌龙面摊认识了正在喝酒的太宰治，深受其吸引，后成为其情人。

山崎富荣在太宰治健康状况逐渐恶化的时候担任秘书兼看护的工作，并协助其作家活动。

1948 年 6 月 13 日深夜，她与太宰治于玉川上水投水殉情。留有遗书日记《雨之玉川情死》。

年轻时的山崎富荣

　　山崎富荣是个稍有些消极厌世的人，接触太宰治的作品后，深深为其作品中表达的压抑自我所打动，从此疯狂爱上了太宰治。

雨之玉川情死（节选）
——山崎富荣日记

一九四七年

三月十七日

　　我终于与您见面了。多亏了金野先生的介绍，只是没想到见面是在一家小乌龙面摊上。在我们眼中，您是一个特殊，嗯，是一个处于特殊阶层的人——作家。在见您之前，我以为您就像传说中的，是个高处云端的作家；但见面后发现，您始终秉承"不知道的事就老实说不知道"的态度，便觉得您就像您作品中的"贵族"，流露出高雅的风采。

我听着老师您带着少许醉意地畅谈，越听便越感觉到，在您的表情和动作之下，是对真理的呐喊。这让我深深觉得，我们都还只是孩子。

老师您说，您决心成为颠覆现今道德观的先锋，还提到自己是个基督徒——我究竟有多少年没有思考这类所谓的"烦恼"呢？如果我之前好好努力、持续学习的话，那我将从老师的话语中汲取多少重要的思想啊。一想到这里，我便悲伤不已。现在听老师的发言，我也只是能模糊地听懂而已，实在太惭愧了。

从在千草[1]听到老师的话语而落泪的那晚开始，只要能和老师的思想共鸣，我便觉得"死而无憾"——虽然现在不是这么表达的。

您问我是否记得《圣经》中的话语，我当时回答了这么几句："一句话说得合宜，就如金苹果放在银网子里。""孩子们，我们爱人，不要只在言语和舌头上，总要在行动和真诚上表现出来！"在和您、报社的青年、金野先生的交谈中，我见识到了热情畅谈的老师、严肃认真的青年、坚若磐石的思想和道理，以及我们赖以存世的种种

1　千草：东京的小料理亭，太宰治将其二楼作为工作场所。

生存之道。我总觉得，我内心最脆弱的部分，本该用绵绢轻轻裹起的部分，就像被一把锋利的刀划开一般，这让我不禁泪流满面。

开始战斗！我必须有这样的觉悟才行。我敬爱老师。

五月三日

"伊豆的地平线恰好到我乳尖的高度。"

和您第一次相遇时，我听到了这句话，后来也听到了数次。这让我想起了冈本加乃子所写的一句话："怀抱乳房，便觉徒然生为女身之耻与悲。"

我觉得老师是一位诗人。谁让老师的作品总让我有种读诗般的感受呢。但每次见到老师的时候，又觉得您仿佛背负着十字架，以丑角——这是最难的角色——生存于世。

我忍不住想，如果我能理解老师的任何一种痛苦，听懂老师诉说的话该多好，但这就像被迫去理解那些无法用言语描述的真实的事物、真实的烦恼一样。

老师太狡猾了

轻吻好似袭来的芬芳

嘴唇向往着嘴唇

呼吸紧连着呼吸

正似为了寻蜜采花的一只蜂

紧紧相拥后唯有泪水

这是仅有女子才懂得的

欢喜与愉悦

爱恋与羞怯

老师太狡猾了

老师太狡猾了

五月三日　让人想忘记都难

"要不要试着谈一场赴死的恋爱？"

"赴死的恋爱？其实我们光是现在就已经不合适吧……"

"但你很欢喜对不对？离开你的先生吧，你喜欢的明明是我吧。"

"是的，我喜欢你。但一想到老师的妻子，我就会很痛苦。不过如果要谈恋爱，我也想谈一场赴死的恋爱……"

"那就这样吧，没错！"

"但你不能对你的妻子和孩子不负责任呀。"

"我有负责任的，没关系的。我的妻子很坚强的。"

"老师你满·嘴·谎·言……"

I love you with all in my heart, but I can't do it.[1]

到处都没有啤酒，我用竹篓装着我的罐装啤酒，心神恍惚地踏入"思想犯"的单人牢笼，和他共饮。

五月三日，今天刚颁布了新宪法，月亮显得朦胧，老师如往常一般驼着背。刚下过雨，街道像要把人的脚黏住一般。我忍住想吐露的话，沿着堤坝蜿蜒而行。

除了一颗爱你的心，我现在别无所有。

"真拿你没办法。"

"我虽然没流泪，但却哭了啊。"

"要不就这么死了算了吧？"

"我们就这样一辈子吧。"

"真拿你没办法。"

1　英文意思为：我全心全意爱你，但我不能如此。

被老师的双臂抱住的时候，我的心，朝着老师的胸口直射而去——虽然一切都无可奈何。如果一直这样，那该有多么幸福啊。

我无法忘记现实——每次一想到，我的心又直坠而下。心……

啊，明明都是当父亲的人，明明都是有妻子的人——

"我喜欢你！"

老师，对不起。

五月十三日

因为参加哥哥和冈本佳子小姐的婚礼，我特意穿了和服过来。婚礼后我脱下美丽的和服，换回洋服，然后点燃了炭火。

一起吃早饭的时候我们趁机聊了会儿天，发现果然有些想要互相倾诉的烦恼。佳子小姐哭了。——可悲的人们啊。

我想得一场大病死掉，老师您就没有想过这样的事情吗？

光是想活着的事情就已经很累了。为了能够不和老师分开住，费了很大劲儿，也不知这是否可以说是须臾的幸福。

五月十七日

一想到我无法缓解老师一丁点儿的痛苦，就忍不住落泪。我甚至连在老师身边照顾都做不到，只能一味落泪。就连信任他、等待他这样的事情，也饱含着苦涩的泪水。

不要在意病痛，活下去吧。从用八卦占卜出我只能活到今年或是明年的时候开始，我就一直很在意这个结果，但还是鼓足精神活着。我的每一天都是在与死亡作战。但是，我相信自己无论何时迎来死亡，都会幸福地面对。至于原因——因为我可以爱着太宰先生。作为一个女人，我现在非常幸福。

五月十九日

我爱上老师了，我不小心爱上老师了。

该怎么办才好，这样做是被允许的吗？不能相见的日子我便觉得不幸。明知老师生病了，我却什么也做不了，只能沉入深深的哀愁之中。在街道上走着，我满心只想遇见老师，心不在焉地瞧着两边的店铺，然后无望而归。不免为自己是女人而感到悲伤。

听说有个女人在六月份的时候想置老师于死地。对于老师会先我而去的说法，我无论如何都不想相信。不，像这种愚蠢的说法，我怎么能信呢？

您在与病魔战斗、受着妻子照顾时，是否会在某个瞬间想起我呢？今天就像两天一样漫长，明天是否可以见到您呢？

五月二十一日

对于或许某天会来临的离别，我早已做好了心理准备。老师也一定清楚，性方面的问题和社会生活的各个方面紧密交织，必须慎重对待。您也知道，我对这件事也非常认真。

从至高无上的那个人那里，我获得了身为女性可以得到的最大的喜悦，我感到很幸福。

Going my way.[1] 前进吧，顺着我们脚下的道路前行吧。就这样顺其自然吧。不论何时会和老师分离，我都不会感到后悔。但是，如果可以的话，我还是会忍不住希望和老师一辈子都在一起。

1　英文意思为：按自己的心意前进吧。

七月九日

在千草过夜的，是两个悲伤之人。

"我知道太宰先生您不会为我赴死的。"

"但我会为你而活着，相信我。"

"这会让我更痛苦。"

"是我更痛苦。本来不想说的，怕说了后你又会哭。其实是因为没有人能继承我的文笔，这让我很悲伤。"

"太可惜了，太宰先生如果死了，那实在太可惜了。"

"阿节你是女太宰呢，所以我才会喜欢你。"

我的绰号好像有点儿多呢。

女太宰、椿屋的小早、急性子小早、鼹鼠、东光。

七月十四日

"有时候想到儿子生着病[1]，我就会很心疼，这时就恨不得自己陪孩子一起死去算了。因为没有人能理解我的痛苦。"

"每次想到太宰先生您委身于那样的屋子里，而且身

1　儿子生着病：太宰治的长子津岛正树患有唐氏综合征。

体状况也不是很好，我就觉得您一定备受煎熬。"

"这种事情我还从来没告诉过谁呢。总觉得你就像是我的亲人一样。"

"是啊，有时候我也觉得您就像是我的哥哥呢。"

"我也曾想过，为了不让你死去，要在你想死的时候给你喝点面粉糊之类的东西。因为你曾说你要先死的吧？每次想到你死后剩下我一个人，我就觉得很痛苦。这对我太残忍了。如果你自作主张比我先死，我可是会踢开你的尸体哦。——唉，一起去死吧。我是如此地信任你。"

（第一次写的遗书，但未发送出去）

我知道白发人送黑发人是很不孝顺的行为，但我遇到了一个无与伦比的男人，没有谁能比得上他。虽然我不知道父亲大人您是否理解我，但正是因为他的存在，我才有活着的意义。可是，这个男人也将要死去了。因为他爱着日本，爱着人类，也爱着艺术。希望您们能原谅他——作为一个父亲，却必须留下孩子去自杀，这该是多么悲伤啊。我也是一想到父母的晚年，就觉得悲伤不已。但孩子哪有不离开父母的，人也总有一天会死去。

一直以来，您为我操了那么多的心。可我终究和您的缘分太少，这实在是遗憾。

父亲大人，请您原谅我吧。除此之外富荣没有其他生存方式了。如果太宰先生是您儿子的话，父亲您也一定会非常喜欢他的。

请让我在九泉之下庇佑您的晚年。

身为凡人的津岛修治[1]，这正是我喜欢的啊。

十一月十六日

伊马先生和野原先生来了。

今天发生的事情太多了。

我哭了。哭得脸都肿了。

我哭了。心实在太痛了。

"小早，你很难过吧？"

我既痛苦又悲伤，身体好像被切割成一小块一小块，被剥夺到了远方。

我既痛苦又悲伤，所有感觉好像也被一个个剥夺到了某处远方。

我很努力、很努力地和自己说："别哭了，别哭了。"

1　津岛修治：太宰治的本名。

为了阻止眼泪掉落，我尝试着起身擦桌子，试着开始做针线活，但其实我只想一个人静静地待着，没有任何人来打扰。

（注：这里有四行被涂掉了）

而且他还对我说"要多多保重""任何事情我都会和你商量的"。

"修治的'治'，读作'haru'也可以呢。你觉得'治子[1]'这个名字怎么样？"

"小早，你觉得呢？"

当着斜阳[2]的兄长的面，我忍不住说了"不要"，实在对不起；可是那时的我，早已痛苦得无以复加，说不出什么话来。您明明连自己的孩子，都没有给过您名字里的任何字。

那不是津岛修治的孩子，只是斜阳的孩子啊。您说那个孩子只是跟一个没有产生爱情之人所生。我觉得幸亏是个女孩，否则的话，男孩像正树那样太可怜了，实在是

---

1 治子：指太宰治与太田静子的私生女，此时刚出生，太宰治为其取名"治子"。

2 斜阳：《斜阳》的女主人公以太宰治的情人太田静子为原型，所以山崎富荣以"斜阳"代指太田静子。

让我担心。

（注：这里有三行被涂掉了）

"这不过是个形式而已啊。我不是还给你留了一个'修'字吗？别哭啦。我不是修治，是阿修才对。别哭啦。"

"不要，我不要，我不要你把你的名字给她。连一根头发我都不想给。因为这些是我就算付出性命也要珍惜的宝物。"

"但我很开心，听到你为了我这么想。对不起，是我的错。给斜阳的孩子取名叫"阳子"也是可以的。只可惜没有早点遇见你啊。如果当初没有去什么伊豆，而是能早点遇见你就好了。这样我也就不用这么痛苦了。如果能早点遇见你，那该多好啊——"

"唉，别哭啦。我比你还要痛苦十倍啊。我会好好爱你的。作为补偿，我会加倍、加倍爱你的，对不起嘛。"

我知道如果我哭了，你肯定也会随我一起哭。可即使我想控制自己不哭，我内心深处仍有另一颗女人的心，让我控制不住落下泪来。

对不起，我终究还是哭了。

"我们两个人会是一对好恋人的吧。就算去死，也要一起哦。带我一起去吧。"

"我想要你帮我生个孩子——"

"修治，我们一起去死吧。"

（注：这里有两行被涂掉了）

"我想要你帮我生个孩子。"

"我还是败给你了。"

（其实我才不想写什么败给你了，修治，这是你让我写的。我很后悔，后悔得几乎想死，眼泪又忍不住要落下来。但是为了你，为了和你在一起——）

请救赎我。请开导我。

主若肯，必能叫我洁净了。我肯，你洁净了吧。

——有件事要告诉斜阳的女子：

"你的书简集写得很好。"

十一月十八日

中午。

"——小早",'蕾贝卡 [1]'会很痛苦吧？"

　　"小早,那个孩子是太宰先生的孩子啊！"

　　"不,那个孩子是斜阳的孩子。"

　　"我和你妻子一样,讨厌你和斜阳那个女人见面。如果你再见她,我就去死。"

　　"我发誓再也不见她了,拉钩钩。我这辈子都不会和她见面了。"

　　晚上。

　　我把我写的东西给修治看。

　　赢了,是我们赢了。

　　他说："这是爱的问题,我对她（说着,伸出了小指）一点儿爱意都没有。"

1　希区柯克的电影《蝴蝶梦》中男主角的前妻,此处代指太宰治的情人太田静子。

一九四八年

一月十日

今天早上，修治咳出了大量带血的痰。

身体也瘦得不成样子。

我对他说，身体这样可不行，他却满不在乎，说反正都要死了。我要和他在一起……

龟岛先生今天来探望了。

太田静子托人带来了一封信，那时修治正独自待着，意识即将变得模糊。

他把信拿给我，说："你看看。"

我说："这是到目前为止写得最差的一封信呢。"

"是的，最差的。太自恋了。她还以为《斜阳》中的和子说的是她呢。太烦人了。"

"我们一起想想，看能做点什么吧。"

修治突然哭了，说："小早，请信赖我吧。"

"修治，我会一直陪着你的。请不要一个人痛苦，我想和你一起，无论痛苦还是快乐。"

"你觉得我是个好人吗？"

"我一直都相信哦。正是因为相信这点，我才努力活着哦。"

"但是，大家都觉得我……我……"

"修治，请不要哭……你不能哭。我会一直守护你的，连同你母亲的那份一起守护你。"

"嗯，请守护我，守护我吧。请一直陪在我身边吧。"

修治太可怜了，实在是太可怜了，为什么大家都不想珍惜他呢？

神啊，就算牺牲我的生命也没关系。请您救救修治。为了他的幸福，让我做什么我都心甘情愿。求求您，拜托了。神啊——

一月十一日

"我真的快死了。"

……

……

我说："直治先生[1]曾说'我要清醒着死去'。"修治

---

1 《斜阳》中的男主角。

说："我要清醒着死去……但我不想让你哭泣。"

其实我不害怕死亡。

只是，如果太宰先生死了，那就太可惜了，再没有这么好的文笔了。所以，我希望您能活得越久越好。

无数人读了您的作品后重新鼓起精神，好好活下去，就算是为了他们，也希望您能继续活下去。

为了您说过的这么一句话——"在我的晚年，能遇到你真是三生有幸。"我也希望您能更加开心。

二月二十九日

修治的妻妹病危，于是我们和宇留田先生一同前往东京。宇留田先生在新宿站与我们暂别后，我和修治在御茶水站下了车，一起走到帝大医院前才分开，并约好三十分钟后在正门附近再见。

我一边散步，一边品读着在车里借到的神西清先生评论《斜阳》的作品。我在正门附近的咖啡厅点了杯咖啡，算准时间后从咖啡厅中走出去。修治的身体状况不太好，似乎很难受的样子，我想让他去休息，正准备找机会说，古田先生的电话便打来了。没过多久，我们就和古田先生前往神田了。

这天正好是周日，SEREINE[1] 也赶上休息日，但我们还是去了二楼开始喝酒。我在那儿住了一夜，第二天早上七点，便和修治的夫人一起去了澡堂。回程时提到斜阳，我无意中说"斜阳那个人和我的选择不一样"。夫人似乎明白了什么，回到住宿处后便问我："小早，你和太宰先生应该没什么吧？"

"怎么可能没什么。"

说完后，气氛瞬间变了，夫人开始忧郁起来，眼眶中泪水盈盈，为我感到悲伤。

她说："我搞不懂现在的年轻人是怎么想的。"

这一天，古田先生正好点燃了我们的导火线，我向他严正抗议。修治一脸悲伤的样子，我也流出泪来，古田先生一副无精打采的样子，夫人更是把她的苦恼抛给我们；爱情啊，实在是太苦涩了。

为了能对彼此完全了解，

1　SEREINE：瑟林，一家餐馆。

我们开始推心置腹，把一切都说开了。

昨天晚上，虽然修治说了"你们都回去吧，我留下来守夜"，但夫人嘱咐他要顾家，必须打道回府。

他便披上外套，走了出去，我们四目相对，寂寞地笑了——

我和野平先生一起把他送到住处附近。

今天的修治先生看起来有种难以言喻的疲态。我只能祈祷，接下来的日子可以和从前一般。

三月九日

一大早，古田先生打电话过来。

"是夫人吗？"

"我是小早。"

被问"是夫人吗"时，我真想回答说"是"呢。

热海出人意料的温暖，气候和东京差不多，让人很是失望。

他说伊豆那位想来此地，解决我们之间的事情，这让我脊椎发凉，仿佛全身失去了力气一般，而且开始颤抖。但他也说，只有见面才能把这件事说清楚，我同意了，所以才会有这次见面。昨晚我们都无法成眠，谈了一宿。我们都太为对方着想了，所以才会出现这种情况。

之前曾提过，"伊豆的地平线恰好到我乳尖的高度"，不过此地的地平线，看起来到了我眼睛的高度。

今天太宰先生似乎很累，将近半天都昏昏沉沉。

三月二十七日

今天是我们夫妻俩自初次相遇以来的首个周年纪念日。

（鞋子弄丢了。）

三月二十八日

大海一片平静，天气非常好，令人舒爽。

《人间失格》的第二手记已经写完。这是部好作品。

前略，敬请谅解。

收到您的来信时，太宰先生正好不在家（为了工作，他当时正在闭关），抱歉这么晚才回复您了。关于太宰先生的状况，暂且就用附件中的"剪报集"告知您吧。

敬具

太田小姐

太宰代理

三月二十八日

三月三十一日投递

（剪报集）

有时候看起来命垂一线，不断咯血，有时候又看起来精神奕奕，喝着私酿烧酒。太宰治见到不同的人时会有不同的样子。自《斜阳》完稿后，太宰治的状况可谓岌岌可危。

实际上，好像无论怎么说都可以。虽然夫人始终看顾着他，但在他病情稳定、随即就想去工作室时，也无法完全拦住他；可他一旦去了工作室，就必须要有酒精维持，否则无法构思出作品来，这种矛盾岂不是无法可解？

几天前，为了纪念织田作之助的一周年忌日，太宰治排除万难，和坂口安吾、林芙美子等人一起前往他们在银座的结缘之地"鼓"，向这位伟大的故人致上敬意。现场满是不分秋色的文坛豪杰，场面浩大。

——剪报集《读卖新闻》

治："病情稳定后，我再送给你一个小礼物吧。"

听后我心里怦、怦、怦直跳……

五月二十四日

修治是个软弱的人。现在我已不确定所谓的"温柔"真正的意思是什么了。因为被赋予了才能，所以会为了文学苦恼；可我没有那么多的才能，所以对女子间的事情——你最终还是会因对太太无能为力而陷入哀伤吧——会感受到更大的苦难和折磨。喝酒，也是因为想切断心中对此的恐惧吧。我想超越心中的各种成见，守护你所说的"信赖"，我想把"守护我，请一直陪在我身边吧"这句话刻在心头，用尽生命去守护。为了不致最终被人所嘲笑，我会让你相信我们这段命运相连的爱情的。我对此不仅深深相信，还会追随你到任何地方。你也要紧紧与我相依，陪伴着我。

五月二十五日

从昨天中午开始，我就吃不下任何东西。一点食欲都没有。

不管做什么事，我都觉得很烦，仿佛随时都可能落下泪来。有人说，自从来到三鹰，和修治开始交往之后，我的容貌就完全变了。

婚姻是一门学问。

情人的身份把上天所隐瞒的事全都教给了女人。

对缺乏自由意志的女人来说，就算想牺牲自己，也没有任何资格。

极具操守的女人，或许也存在自己所不知道的卑猥之处。

婚姻中会遇到掌握一切的怪物，那个怪物就是习惯，必须与之不断战斗。

六月十三日

我在此写下遗书，

修治将带我一起离开。

各位，

再见了。

父亲大人，

母亲大人。

一直以来都让你们如此操心。

对不起，

还请多多保重，好好相处。

剩下的事情要拜托您二位了。

前面的千草料理亭和野川先生给了我诸多照顾，

还请找他们一起商量我的后事吧。

希望能安静、低调地吊唁我。

夫人，对不起。

修治因为肺结核导致左胸第二次积水，当时他痛得死去活来，他说他撑不下去了。

是大家一起杀死他的。

我总是在为他落泪。

丰岛老师是我最尊敬爱戴的人。

野平先生、石井先生、龟岛先生，太宰先生家里的事就拜托你们了。

原子，对不起。

父亲大人，

前面转角的服装店，放了一匹黑色不二绢，应该还没有用过，请直接退货吧。

对面河边的贩酒超市还欠我去年八月的约三千日元薪水，请您拿回来吧。

我拜托车站前的"MARUMI[1]"处理洗脸盆，请去找他们吧。

哥哥，

对不起，

剩下的就拜托你了。

对不起。

---

1 MARUMI：玛露美，一家便利店。

致鹤卷夫妇[1]
——太宰治和山崎富荣的联名遗书

感谢你们长久以来的诸多好意和亲切对待。我对此至死不会忘怀。也多谢您对我父亲的关照了。感谢你们夫妻俩不惜放下生意为我们操心。钱我托给石井子。

——太宰治

无论大家会哭还是会笑，知晓了何事，都希望您二位能一直好好保重，要拜托您操心身后事了，我也只能向您拜托了。虽然之后您可能会看到从各地赶来的很多人，但还请以平常心应对即可。

1　鹤卷夫妇：千草料理亭的经营者。

之前从您那儿借来的和服，我还没有洗过，请原谅我。与和服放在一起的药，是用来治疗胸腔疾病的，是太宰先生从石井先生那要来的，还请拿去用吧。如果我的父母从乡下来到东京，还请您们告知了。请原谅我擅作主张的请求。

昭和二十三年六月十三日

——富荣

附言

我把重要的东西都放在房间里了。叔叔和阿姨请打开之后和野川先生商量，还请暂时让我寄放。然后，请帮我（用加急电报）通知父亲、姐姐，还有朋友们。

父 滋贺县神崎郡八日市町二四四

山崎晴弘

姐 神奈川县镰仓市长谷通二五六

MA SOIR[1] 美容院

山崎苇

---

1 MA SOIR：摩索尔，山崎富荣与其嫂开的美容院。

太宰治年表

一九〇九年

六月　十九日于日本青森县北津轻郡金木村出生，本名津岛修治。津岛家是县内首屈一指的大地主。作为父亲津岛源右卫门与母亲夕子的第六个儿子，他在兄弟姐妹十一人中排行第十（但津岛家的长男总一郎和次男勤三郎先后夭折，因此他有三个哥哥、四个姐姐和一个弟弟）。

一九一二年——三岁

一月　大姐去世。

五月　父亲源右卫门当选众议院议员。

七月　弟弟礼治出生。

一九一六年——七岁

四月　入金木第一小学就读。

一九二三年——十四岁

三月　父亲于东京过世。长兄文治继承户主。

四月　入青森县立青森中学就读。寄宿于青森市寺町的远亲丰田太左卫门家中。

一九二五年——十六岁

三月　在青森中学校《校友会志》发表第一篇创作《最后的太阁》。

八月　在他与同学创办的同人志《星座》发表戏曲《虚势》。

十一月　创办同人志《蜃气楼》，为编辑、装帧设计四处奔走，就在这时起意成为作家。

一九二七年——十八岁

七月　因芥川龙之介自杀，受到很大精神打击。

八月　跟竹本哄荣学习净琉璃"义太夫"。不久后开始出入于花柳界。

一九二八年——十九岁

邂逅艺妓红子（小山初代）。

一九二九年——二十岁

十二月　受到共产主义影响，因家中背景苦恼，吞服卡莫汀
　　　　（安眠药）自杀未遂。

一九三〇年——二十一岁

四月　进入东京帝国大学法文科就读。

五月　拜访井伏鳟二[1]，之后长年师事于他。

十月　小山初代离家出走来到东京。大哥为此到东京解决此
　　　事。初代暂时返乡。

十一月　与银座的女服务生田部志兔子在镰仓吞服卡莫汀安
　　　　眠药自杀，只有太宰治获救。被控自杀帮助罪获得
　　　　缓起诉。热心投入左派运动。

一九三一七年——二十二岁

二月　与小山初代同居。这段时间，将房间二楼提供给社会主

1　井伏鳟二（1898—1993）：日本小说家，代表作品有《山椒鱼》《黑雨》等。

义运动参与者使用。

十月至十一月　住所成为左翼运动联络场所一事被察觉，受到审讯。之后，时常有警察光顾，不久后迁居至神田区和泉町。

一九三二年——二十三岁

在长兄文治迫使下发誓脱离左翼运动。之后，和长兄一起到青森警署自首，遭拘留数日后脱离左派运动。

一九三三年——二十四岁

二月　以太宰治的笔名在《东奥日报》周日增刊发表《列车》，加入古谷纲武、木山捷平等人创办的同人志《海豹》。

四月　在《海豹》四月、六月、七月号分载《回忆》。

一九三四年——二十五岁

四月　在古谷纲武、檀一雄等人的同人志《鹬》第一集发表《叶》。

七月　在尾崎一雄等人的同人志《世纪》发表《他已非昔日的他》。

十二月　在今官一、中原中也等人创办的同人志《青花》创刊号发表《浪漫主义》。

一九三五年——二十六岁

二月　于《文艺》发表《逆行》。

三月　参加东京都新闻社入社考试不幸落榜，在镰仓的山中自缢未遂。

四月　患盲肠炎并发腹膜炎，服用止痛药帕比纳尔成瘾。

八月　《逆行》与《小丑之花》被推荐入围第一届芥川奖，但只得到第二名。

九月　因未缴学费遭到东京帝国大学开除。

一九三六年——二十七岁

二月　因使用帕比纳尔止痛剂成瘾住进济生会医院，不待完全康复便出院。

六月　出版第一本创作集《晚年》。

八月　芥川龙之介奖第三回落选。

十月　在《新潮》发表《创生记》。在井伏鳟二的建议下，住进江古田的武藏野医院根治药瘾，一个月后病情好转出院；住院期间妻子初代与人通奸。

一九三七年——二十八岁

三月　与初代去水上温泉，自杀未遂。回到东京后，与初代分手。

六月　出版《虚构的彷徨》。

七月　出版《二十世纪旗手》。

一九三八年——二十九岁

九月　与甲府的石原美知子订婚。

十月　在《新潮》发表《姥舍》。

一九三九年——三十岁

一月　于井伏鳟二家举行婚礼。

二月　在《文体》连载《富岳百景》。

四月　《黄金风景》入选《国民新闻》的短篇奖。

五月　出版创作集《关于爱与美》。

七月　出版《女生徒》。

一九四〇年——三十一岁

二月　在《中央公论》发表《越级控诉》。

四月　出版《皮肤与心》《竹村书房》。

五月　在《新潮》发表《奔跑吧，梅勒斯》。

六月　出版《女人的决斗》《回忆》。

十一月　在《新潮》发表《蟋蟀》。

十二月　《女生徒》获得北村透谷奖第二名。

一九四一年——三十二岁

五月　出版创作集《东京八景》。

六月　长女园子诞生。

七月　出版第一本中篇小说《新哈姆雷特》。

八月　为探望母亲，暌违十年后返乡。

十一月　接到文人征召令，但以肺病为由免除服役。

一九四二年——三十三岁

一月　在《妇人画报》发表《耻》，在《新潮》发表《新郎》。

六月　出版中篇小说《正义与微笑》《女性》。

十月　在《文艺》发表《花火》（后改名为《日出之前》），遭
　　　到官方检阅被命令删除第110页至125页。母亲病笃，
　　　携妻返乡。

十一月　出版文藻集《信天翁》。

十二月　接到母亲病危的通知只身返乡。后母亲逝世。

一九四三年——三十四岁

一月　在《新潮》发表《故乡》，在《文学界》发表《黄村先
　　　生言行录》。出版《富岳百景》。

九月　出版中篇小说《右大臣实朝》。

十月　在《文库》发表《作家的手帖》。

一九四四年——三十五岁

一月　前往热海的途中，造访太田静子。

三月　受邀执笔"新风土记丛书"的一卷"津轻"。

五月　在津轻各地旅行至六月。

八月　出版《佳日》。长子正树诞生。

九月　电影《四桩婚事》（《佳日》改编）上映。

十一月　出版《津轻》。

一九四五年——三十六岁

一月　出版《新释诸国话》。

三月　空袭频繁，将妻小送回甲府的娘家避难。

四月　三鹰的住所遭到轰炸，前往甲府，在疏散地点与井伏鳟二交游。

七月　甲府的石原家也遭到烧夷弹攻击几乎全毁。携妻小返回津轻的老家避难。

九月　出版内阁情报局·文学报国会委托执笔的鲁迅传记《惜别》。

十月　在《河北新报》连载《潘多拉的盒子》，出版创作集《御伽草纸》。

一九四六年——三十七岁

四月　在《文化展望》发表《十五年间》。大哥文治当选战后第一届众议院议员。

六月　在《展望》发表戏曲《冬之花火》。出版《潘多拉的盒子》。

九月　在《人间》发表《春之枯叶》。

十一月　疏散一年半后终于携妻小回到三鹰的家。出版《薄明》。

十二月　在《新潮》发表《亲友交欢》，在《改造》发表《男女同权》。

一九四七年——三十八岁

一月　在《群像》发表《砰咚咚》，在《中央公论》发表《圣诞快乐》。

二月　探视太田静子，并撰写《斜阳》的一、二章。

三月　在《展望》发表《维庸之妻》，在《新潮》发表《母亲》。次女里子（津岛佑子）诞生。邂逅山崎富荣[1]。

四月　在《人间》发表《父》。

七月　在《新潮》连载《斜阳》。自七月起健康欠佳在自宅闭门不出。

1　山崎富荣：太宰治的一位女粉丝。

十月　在《改造》发表《大叔》。

十一月　与太田静子的女儿出生。取名为治子。

十二月　出版《斜阳》，成为畅销书。

一九四八年——三十九岁

一月　在《光》发表《飨应夫人》，出版《花烛》。上旬咯血。

三月　在《日本小说》发表《美男子与烟草》，在《新潮》发表《眉山》。在《新潮》分载《如是我闻》。出版《太宰治随想集》。开始执笔写《人间失格》。

五月　在《世界》发表《樱桃》。身体极度疲劳，经常咯血。

六月　在《展望》发表《人间失格》至"第二手记"的段落。十三日深夜，与山崎富荣在玉川上水投水自杀。桌边留下预定在《朝日新闻》连载的 *Good-bye* 校正稿与草稿、遗书数封、给孩子们的玩具、留给作家伊马春部的签名板等。十九日，三十九岁当天，遗体被发现。二十一日举行告别式。

七月　十八日葬于三鹰市的禅林寺[1]，追思太宰治的集会命名为
　　　樱桃忌，于每年六月十九日举行。*Good-bye* 十三篇在
　　　《朝日评论》刊出，《人间失格》在《展望》连载，而
　　　后《人间失格》出版。《樱桃》出版。

十一月　《如是我闻》出版。

1　禅林寺：日本京都寺庙，是净土宗西山禅林寺派的总院。

…

现在的我，没有幸福或不幸而言。

只不过，一切都会过去。

*